PETIT

TABLEAU DE PARIS.

Nota. Le second volume du *Petit Tableau de Paris* paroîtra le 1er juillet ; le troisième, le 1er octobre ; et le quatrième, le 31 décembre.

PETIT

TABLEAU DE PARIS,

POUR 1818.

PAR Mme DE SARTORY,

Auteur du *Duc de Lauzun*, de *Mademoiselle de Luynes*, etc. etc. etc.

TOME PREMIER.

PARIS,

CHEZ LE NORMANT, RUE DE SEINE,

ET CHEZ LES MARCHANDS DE NOUVEAUTÉS.

AVRIL 1818.

PETIT TABLEAU

DE PARIS.

CHAPITRE PREMIER.

Pour bien connoître l'esprit et le génie français, il faut avoir vécu long-temps à Paris. On y est, sans contredit, plus Français qu'en province : les qualités et les défauts de la nation s'y montrent dans tout leur jour.

Peut-on être heureux sans les douceurs de la société ? Est-il un vrai bonheur sans les lettres, les sciences et les beaux-arts ? Non, sans doute. Hé bien, Paris en est le temple. C'est dans cette grande ville que l'on conserve encore le précieux dépôt du bon goût ; on y a généralement ce tact fin et sûr qui donne à la première vue le sentiment des beautés et des défauts d'un ouvrage, soit d'art, soit de littérature ; car, pour les âmes privilégiées (on ne parle point des autres), il n'y a pas deux manières de juger ces sortes de productions.

Quant aux douceurs de la société, on peut assurer, sans craindre d'être démenti, que nulle part on ne les connoît mieux qu'à Paris ; la gaîté et la plaisanterie y ont souvent plus de grâce qu'ailleurs, parce qu'on a su leur donner de justes bornes ; mais c'est surtout la délicatesse, la finesse et le naturel du langage qui étonnent et charment tous les étrangers qui visitent cette belle capitale.

Cependant on remarque avec raison, même dans la bonne compagnie, qu'on est moins poli aujourd'hui qu'on ne l'étoit autrefois; mais comme ce changement ne tient qu'à des circonstances qui heureusement ne se reproduiront pas aisément, il faut espérer que la politesse reprendra bientôt toute sa grâce et toute son aisance. Cette plante croît en France sur son sol natal; pourquoi après une réconciliation générale, n'y seroit-elle pas cultivée avec le même soin qu'avant la révolution (1)? Cependant, qu'on se garde

(1) Le personnage d'une comédie de Shakespeare dit qu'à toute force on peut être poli, sans avoir été à la cour de France.

bien de croire que la politesse est entièrement bannie des cercles de Paris, comme quelques esprits prévenus et fâcheux ont voulu le persuader; quoi qu'ils en disent, elle forme encore aujourd'hui, comme jadis, le lien le plus sûr et le plus doux de la société. Les ornemens de l'édifice sont peut-être un peu endommagés; mais la base existe.

Ne confondroit-on pas les douceurs de l'habitude avec l'amitié, lorsqu'on assure que les attachemens sont sans chaleur et sans force à Paris, et que l'inconstance des affections est la preuve de la légèreté et de la frivolité des sentimens? Il est certain qu'on s'aperçoit rarement de l'absence des personnes avec lesquelles on est le plus lié: on les cherche avec empressement, on les rencontre avec plaisir, on les perd sans regret; on les retrouve avec charme

Mais aussi, il faut en convenir, on honore souvent du nom d'amitié, des liaisons formées aussi vite que dénouées, sans intimité, sans confiance, du moins véritable, et dont le plaisir est presque toujours la première et l'unique base.

C'est cet attrait tout puissant du plaisir qui rapproche à Paris toutes les conditions ; les haines, les jalousies, osons le dire, toutes les convenances sont sacrifiées au désir de s'amuser. Cette ardeur impétueuse pour les plaisirs entraîne bientôt ceux qui en sont entièrement possédés à n'avoir plus que des attachemens relâchés ; on conserve bien encore l'apparence de quelques qualités sociales, mais toutes celles du cœur sont sacrifiées : une fois entraîné dans ce tourbillon de continuelles distractions, où vont se perdre de toutes parts la sensibilité, la bonté, la générosité, on devient peu à peu froid, dur et égoïste. Les plaisirs ne doivent être, pour un honnête homme, qu'un délassement ; dès qu'ils deviennent occupation, ils amollissent l'âme et corrompent souvent l'esprit.

Le comte de Melville est un des hommes les plus inoccupés de France : mais à Paris, l'oisiveté opulente ne consiste point à languir dans une douce paresse, à goûter mollement les tranquilles jouissances d'une vie toute matérielle : un homme riche et oisif s'y agite sans cesse ; il a toujours envie de faire quelque chose de nouveau ; il est dans un mouvement perpétuel ; il court sans dessein, mais il court ; il fait beaucoup de visites : on le voit chaque jour à différens théâtres ; il a en outre plusieurs engagemens tous les soirs ; pour aller partout, il ne reste chez personne, pas même lorsque, par hasard, il s'amuse. Les invitations sont ordinairement si multipliées, qu'on a en général plus d'obligations à ceux qui les acceptent, qu'à ceux qui les font. Cependant, à la fin de l'automne, les hommes, même les plus répandus, sont quelquefois désœuvrés; c'est le moment où tout le monde est à la campagne. Melville se trouvant par hasard à Paris, pour ne pas rentrer chez lui à minuit, se fit conduire, le 27 septembre 1816, en sortant de l'Opéra, au Salon des Etrangers, rue Grange-Batelière. A vingt pas de l'hôtel, un ressort de la voiture cassa : il faisoit le plus beau temps du monde; il dit à ses gens qu'il s'en retourneroit à pied.

Le comte s'amusa quelque temps à voir jouer le prince P**. Ce jeune Russe, immensément riche, aime le jeu avec fureur : après avoir perdu, en 1812, son argent et son crédit, il se trouva dans un état de dénûment complet. Les relations avec la Russie commençoient alors à devenir très-difficiles. Une personne obligeante lui prêta enfin vingt-cinq louis ; et avec cette modique somme, il put retourner à temps dans sa patrie : un peu plus tard, il demeuroit prisonnier en France. Revenu à Paris il y a deux ans, l'expérience du passé et le souvenir des extrémités où sa passion pour le jeu pouvoit l'entraîner, lui firent prendre une précaution assez étrange. Il commença par louer une maison, une voiture et des loges à plusieurs spectacles ; il paya tous ces loyers une année d'avance, ainsi que les gages de ses gens ; il fit ensuite des provisions de toutes les espèces ; et rassuré, moyennant ces sages mesures, contre le danger de se retrouver une seconde fois dans le même embarras, il se livra sans crainte à toute l'ardeur de sa passion pour le jeu. Elle n'est la plus commune de toutes, que parce qu'elle est propre à tous les âges, à tous les états, aux sots comme aux gens d'esprit; car les uns et les autres sont également attirés par l'espoir d'un gain facile et rapide.

Il étoit deux heures du matin, lorsque Melville, en sortant du Salon, passa seul, à pied, sur le boulevard des Italiens. Un peu avant le Café Hardy, deux hommes de mauvaise mine, en embuscade derrière les arbres du boulevard, l'accostèrent en lui demandant, d'un ton assez insolent, de l'argent. Avant que Melville pût revenir de sa surprise, un de ces brigands lui donna un coup de couteau qui traversa le bras droit et glissa le long des côtes. Le cri que la douleur arracha à Melville fut entendu d'un jeune homme qui tournoit le coin de la rue d'Artois. La flèche qui perce l'air n'a pas plus de vitesse que la course d'Alfred de Saint-Geran (c'est le nom du jeune homme) : au bruit de ses pas, les assassins, saisis de frayeur, prennent la fuite ; Alfred les eût poursuivis et atteints, mais Melville avoit besoin de son secours ; il se hâta de nouer un mouchoir autour du bras du comte, et lui prêtant son appui, il le reconduisit lentement à son hôtel, faubourg Saint-Honoré. Affoibli par la douleur, par la perte de son sang, et fatigué surtout de la longue course qu'il venoit de faire dans un si triste état, Melville s'évanouit en arrivant chez lui. Ce funeste événement jeta une telle consternation parmi les gens du comte, qu'ils perdirent tous la tête : le temps se passoit en vaines exclamations ; on couroit, on appeloit, on jetoit les portes ; mais personne ne pensoit à agir. Alfred prit enfin sur lui de donner des ordres; il envoya chercher des secours, et résolut de ne quitter Melville qu'après avoir vu poser le premier appareil sur sa blessure.

Cependant le comte avoit repris ses sens; à demi couché sur un canapé, son corps reposoit appuyé presque tout entier sur Alfred, lorsque tout à coup la porte s'ouvrit; une jeune personne de seize ans, belle comme un ange, se précipita dans la chambre; elle s'élança sur Melville, et l'entourant de ses bras, elle s'écria : O mon père! Sa tête tomba sur le sein du comte; elle voulut parler, mais sa voix expira dans les larmes. — Tranquillisez-vous, ma chère Florestine, dit Melville, en s'efforçant de dissimuler ses souffrances, vous voyez, je ne cours plus aucun danger; mais voici mon libérateur ; sans lui je n'existerois plus. A ces mots, Florestine a déjà fait un mouvement pour embrasser les genoux de celui à qui elle doit la vie de son père : mais à peine elle a levé la tête pour regarder Alfred, qu'un sentiment, plus prompt que la réflexion, l'arrête : comment tomber aux pieds d'un homme si jeune et si beau ? Car son visage ressemble à la tête d'Antinoüs, qu'elle avoit dessinée le matin. Alfred rougit, comme s'il eût deviné la pensée de Florestine ; et arrêtant ses remercîmens, il la supplia de ne s'occuper que de la santé de son père. Dans cet instant, le médecin et le chirurgien entrèrent. Melville ordonna à sa fille d'aller dans sa chambre : malgré tout ce qu'il put ajouter pour la tranquilliser, elle demanda avec instance, et d'une voix entrecoupée de larmes, la permission de rester ; mais une injonction réitérée et plus positive encore força enfin la timide Florestine d'obéir. Une heure après, le rapport des médecins ayant parfaitement rassuré Alfred sur l'état du comte, il le quitta pour rentrer chez lui ; mais le trouble de l'amour naissant l'y suivit.

Il y a quelque chose de romanesque dans une première entrevue, accompagnée de circonstances extraordinaires, qui détermine presque toujours le penchant, surtout lorsque la jeunesse et une beauté remarquable ajoutent encore à cette impression subite et confuse qu'on prend pour de la sympathie.

Toutes les jouissances du monde n'auroient pu approcher du ravissement d'Alfred, en pensant seulement à cette sensation inexprimable qu'il éprouva au moment où Florestine éperdue, en serrant son père dans ses bras, s'étoit presque trouvée dans les siens : il croyoit avoir senti sous son heureuse main les battemens du cœur de Florestine ; du moins il est bien sûr d'avoir respiré sa douce haleine, plus parfumée que la rose. A ce souvenir, un frémissement délicieux parcouroit ses veines, et il tomba ensuite dans de longues et douces rêveries.

Alfred étoit fils d'un général d'artillerie, distingué par ses talens et par son noble caractère : la mort enleva ce digne et brave guerrier à sa patrie et à son fils, quelques mois après la première rentrée du Roi en France. Depuis la campagne de la Russie, M. de Saint-Geran n'avoit fait que languir ; il portoit dans un corps épuisé par les blessures, et les fatigues de la guerre, une âme ferme et un esprit pénétrant et juste. Souvent il avoit prédit qu'avec un gouvernement en révolte ouverte contre tous les principes, et un chef conquérant par système, nous arriverions, par la victoire, au comble des malheurs. Combien de fois il déplora une prospérité si longue, qui, donnant à Buonaparte une fausse idée de son bonheur, le rendoit sourd à la voix de la raison et aux larmes des peuples.

M. de Saint-Geran avoit parfaitement élevé son fils : un père tendre est si attentif, si clairvoyant ! Ses soins furent récompensés par le plus heureux succès. Alfred est bon, généreux ; il a des talens, et un esprit aimable et orné. Outre une fortune considérable, M. de Saint-Geran laissa à son fils un héritage plus précieux encore, l'exemple d'une vie pure et exempte de reproches : les richesses peuvent se dissiper; mais rien ne peut faire perdre le souvenir des vertus de nos parens.

Agé de dix-neuf ans, Alfred commença sa carrière militaire en servant dans la maison du Roi. Il portoit encore le deuil de son père, lorsqu'il suivit son souverain à Gand; et à son retour, le corps dont il faisoit partie se trouva compris dans la réforme.

Jeune, beau, spirituel, maître d'une grande fortune, que de titres pour avoir toutes les prétentions! Cependant Alfred n'en avoit qu'une seule; il vouloit que la femme qu'il épouseroit fût la *plus belle personne de Paris :* on dira peut-être que cette prétention en valoit bien une autre; qu'elle peut donner la juste mesure de la vanité de Saint-Geran; mais qu'elle ne donne point une haute idée de sa prudence. Nous répondrons qu'à vingt et un ans il est bien permis d'avoir plus de vanité que de prudence.

En voyant Florestine, Alfred crut non-seulement qu'elle étoit la beauté la plus accomplie de Paris ; mais il étoit persuadé que le monde entier n'avoit jamais rien produit de plus parfait. Tous les amans raisonnent à peu près de même. L'amour seroit-il la passion la plus puissante, si elle n'étoit pas la plus aveuglée ? Florestine est grande ; sa taille est svelte ; elle a le pied et la main d'une beauté ravissante ; tous ses traits sont si réguliers, qu'en les mesurant avec un compas, on retrouveroit précisément les mêmes proportions des traits du visage de la Vénus de Médicis : mais ce qui lui donne un éclat éblouissant, ce sont ses beaux cheveux blonds et un teint auquel on ne peut rien comparer pour la fraîcheur et pour l'admirable blanc cheur. Il faut convenir que, dégagé même du prestige du sentiment, beaucoup de gens seront de l'avis d'Alfred.

CHAPITRE II.

Les personnes qui ont l'amour du monde, veulent en voir dans toutes les circonstances de la vie ; la solitude leur paroît, de tous les maheurs, le plus insupportable ; malade ou affligé, n'importe, on ne veut jamais être seul ; dans ces deux cas, on ne voit que ses amis intimes : mais à Paris, les amis intimes d'un homme qui a cent mille livres de rentes et un excellent cuisinier, sont en très-grand nombre : il y tant de gens qui ne trouvent rien de plus commode qu'une bonne maison qui n'est pas la leur. Alfred, en se présentant chez Melville le lendemain matin, trouva déjà dix voitures dans la cour : sa blessure au reste ne laissoit craindre aucune suite fâcheuse.

Chacun s'empressa de dire quelque chose d'obligeant au libérateur du comte, de ce cher Melville, qui inspiroit un si vif intérêt. C'est un moyen de montrer de la sensibilité dont on ne néglige jamais de profiter : il coûte si peu ! — La conversation, un moment interrompue, reprit ensuite son cours. Vous ne regardez donc, dit avec un un peu d'ironie le jeune Saint-Val, en adressant la parole au marquis de Blansac, la gloire que comme une espèce de folie éclatante? — Non; mais je ne veux pas la séparer de la vertu; c'est la raison elle-même qui les a unies. — Une nation n'est puissante que par l'amour de la gloire. — Oui, mais elle n'est heureuse que par l'amour de la justice et par les bonnes mœurs. Je sais qu'on veut persuader aujourd'hui que c'est une duperie d'être juste et bon, que tout consiste à être fort et puissant : il semble que tout l'esprit qu'on a ne doit servir qu'à tourner en ridicule la raison, la vertu, même l'honneur : car, prenez garde, ce mot n'a plus la même signification qu'autrefois ; il a changé de sens ; on l'attache souvent à ce qui est le moins honorable ; enfin, jamais on n'a prêché plus ouvertement les mauvais principes ; toutes les conditions en sont infectées ; et si cela dure, nous finirons dans peu par tomber dans une corruption qui amènera promptement la dissolution totale du corps social. — Point d'exagération, mon cher marquis, dit en souriant M. de Valbrun : comme le mal n'est heureusement encore que dans l'esprit, espérons que le cœur s'en garantira. Non, le génie de la nation française ne l'abandonnera point ;

il tient au sol, au climat; nos organes ne sont pas changés, pourquoi ne serions-nous pas toujours les mêmes hommes? Il y a plus de dix-huit cents ans que César a dit des Gaulois, qu'ils étoient véhémens dans leurs plaisirs comme dans leurs fureurs; il les a peints prompts à se résoudre, indisciplinés, ardens à combattre, impétueux dans l'attaque, aisés à rebuter : il ajoute ensuite que, de tous les Barbares, le Gaulois est le plus généreux, le plus brave, le plus poli, mais aussi le plus léger et le plus inconséquent. Hé bien, croyez-vous que nous ayons beaucoup changé? — Comment pouvez-vous taxer les Français d'à présent de légéreté! s'écria Saint-Val; les pensées les plus sérieuses, les plusprofondes, les plus analogues enfin à notre nouvelle position sociale, n'occupent-elles pas aujourd'hui tous les esprits ? — Vous admirez cette fureur pour la politique, et moi je la regarde comme une triste et dangereuse maladie qui travaille notre siècle. — Ne calomniez pas un siècle si supérieur à tous les siècles passés ; un siècle qui a donné tant de nouveaux développemens à la pensée, et où les beaux-arts et les sciences ont fait des conquêtes si rapides et si brillantes. — Observez que c'est une des illusions les plus fréquentes de l'amour-propre, de nous croire toujours infiniment plus de talens et de lumières que n'en avoient nos pères. Presque tous nos jeunes gens n'ont-ils pas été tentés, en voyant rentrer les émigrés, d'imaginer qu'ils étoient nés aussi foibles et aussi tremblans qu'ils le paroissent maintenant ? Rien ne pouvoit leurs persuader que ces vieillards débiles avoient gagné autrefois des batailles, et que plusieurs de ces fronts ridés et de ces têtes blanchies, objets de la plus insipide et indécente moquerie, étoient couverts d'immortels lauriers. — Vous savez que je n'ai jamais approuvé des plaisanteries si méprisables ; mais à moins de vouloir nier les résultats les plus évidens, vous conviendrez qu'aujourd'hui notre intelligence n'est plus bornée par mille préjugés ridicules ; que nous avons des têtes neuves, des penseurs profonds : il y a une tendance vers les réflexions sérieuses, qui fait paroître méprisable tout ce qui n'est que superficiel. Une lecture frivole est maintenant du plus mauvais ton ; nous admirons encore les poésies et les beaux ouvrages dramatiques du siècle de Louis XIV, mais uniquement par respect pour des jugemens consacrés par l'histoire de la littérature ; car les soupirs de Phèdre et les larmes de Bérénice n'ont plus guère pour nous que des beautés de convention; nous voulons que nos plaisirs littéraires même soient calculés sur nos idées actuelles, et nous sommes trop avancés vers la raison, pour revenir au temps où on se rendoit célèbre par une chanson ou par un madrigal. — Hé bien, croyez-moi, mon cher Saint-Val, répondit le marquis de Blansac, la gloire littéraire du siècle de Louis XIV est encore de toutes celles qui nous restent la plus pure et la plus brillante; elle nous placera toujours, malgré les chances de la guerre, au premier rang des nations. Les bons écrivains de ce grand siècle, comme on l'a fort bien observé, se sont à jamais logés dans toutes les bibliothèques de l'Europe, et aucune force, aucune coalition ne les chassera; car ils font l'instruction et le plaisir de tous les peuples civilisés. Cependant, vous savez que tous ces auteurs ont composé leurs immortels ouvrages *sous la servitude de la pensée, qui suppose*, dit-on, *toutes les autres servitudes.* — Tout cela prouve, interrompit Saint-Val, que le génie d'une nation, qui a su produire tant de chefs-d'œuvre sous le règne d'un monarque absolu, doit s'élever bien plus haut encore sous un gouvernement constitutionnel et libéral, où, dégagés de toutes les entraves du despotisme, les Français jouiront du droit naturel de dire leur opinion. — En attendant, dit Valbrun, je vois qu'il se trouve encore beaucoup de gens tout disposés à louer la leur ; car en passant ce matin dans différens quartiers de Paris, j'ai lu sur de fort beaux hôtels : « Agence » générale pour le placement des dames » de compagnie, et généralement de » toutes les personnes qui veulent se » mettre à gages, sous quelque déno-

» mination que ce soit. » Le nombre doit être grand, et les bénéfices considérables, à en juger par le gain des entrepreneurs, qui me paroissent très-bien logés. — Ce n'est pas par une plaisanterie qu'on finit une discussion sérieuse, murmura tout bas Saint-Val. — Valbrun, sans lui répondre, reprit: Mais je ne vous ai pas dit encore que mon voisin, M. de M***, ce vieux garçon dont je vous ai conté tant de traits d'avarice, étoit mort ce matin. — Comment! il est mort? — Oui, faute d'une saignée dont il a marchandé le prix avec son chirurgien pendant trois jours. Ce malheureux a laissé quarante mille francs de rentes à des parens éloignés; et au milieu de l'hiver le plus rigoureux, il n'a jamais chauffé sa chambre qu'avec la flamme d'une chandelle. Son plaisir consistoit à fendre en deux sa provision d'alumettes; il appeloit cela doubler ses capitaux. Un parapluie de hasard lui servoit depuis vingt ans, car jamais il ne s'est permis de prendre la voiture la plus modeste. Demeurant vis-à-vis le pont des Arts, il ne lui arriva qu'une seule fois de le traverser, et ce fut un de ses parens qui paya le passage. Mon Dieu ! s'écria-t-il un jour, qu'on est à plaindre d'avoir la vue basse ! Je suis abordé souvent par de mes amis ; les prenant pour des pauvres, je leur dis : Dieu vous assiste.

Alfred ne prenoit aucune part à la conversation ; il n'étoit plus à la société ; il n'étoit plus à lui-même. Les yeux fixés sur la place où il avoit vu, la veille, Florestine, il n'en détachoit ses regards que pour les porter sur Melville : le père de celle qu'on aime devient un objet si intéressant ! on cherche si naturellement à lui plaire, et à s'en faire aimer ! Avec les grâces de son caractère et les agrémens de son esprit. Alfred ne pouvoit pas manquer d'y réussir ; aussi au bout d'un mois le comte disoit déjà à ses amis : Saint-Geran est un jeune homme accompli ; si confiant, si ingénieux, si modeste, et si fier tout à-la-fois ; ne connoissant aucune de ces petitesses qu'inspirent l'envie et la vanité. Il est vraiment incomparable, je l'aime avec passion.

Veuf depuis dix ans, Melville avoit fait élever sa fille dans une des meilleures pensions de Paris sous la surveillance particulière d'une gouvernante de beaucoup de mérite. A la fin de l'été une fièvre dangereuse se manifesta parmi les pensionnaires ; Florestine sortit de sa pension, et il fut décidé ensuite qu'elle n'y rentreroit qu'après le parfait rétablissement de son père. Ce moment étoit arrivé quand madame de

Valcé, une amie de Melville, se proposa de donner une petite fête dont Florestine devoit être le principal ornement.

CHAPITRE III.

Mais, mademoiselle, qu'avez-vous? jamais je ne vous ai vue si distraite, si préoccupée. En vérité ce bal vous fera encore tourner la tête. — O! non, ma bonne amie, ce n'est pas le bal, répondit Florestine à sa gouvernante qui venoit de lui adresser des reproches très-fondés sur son inconcevable distraction. — Voilà un quart d'heure que vous avez les yeux attachés sur ce livre sans avoir tourné un seul feuillet; que se passe-t-il donc en vous? de quoi pouvez-vous être si occupée? — Mère chérie, répondit Florestine en entourant madame Villers de ses jolis bras, car ma tendresse aime à vous donner ce nom, je ne puis pas vous expliquer ce que je ne comprends pas trop moi-même; il règne à présent une si grande confusion dans mon esprit..... Mais ne parlons plus de cela maintenant, et allons chez ma cousine. — Et qu'y voulez-vous faire? — Vous savez, ma bonne amie, qu'elle est l'oracle du goût et de la mode; mon père m'a dit ce matin que je devois me faire faire la robe de bal la plus élégante; je veux que ma cousine décide de la parure qui me siera le mieux. — Voilà un soin qui m'étonne; jusqu'ici je vous ai vue exempte de toute coquetterie; mais je m'aperçois qu'il s'est fait un grand changement en vous. — C'est très-vrai, dit Florestine en soupirant, je ne suis plus la même. — Ma chère Florestine, reprit madame Villers d'un air sérieux, j'entrevois dans vos yeux un secret caché au fond de votre cœur, et un secret que vous n'osez pas me confier ne peut être que répréhensible. Elle questionna ensuite adroitement sa jeune élève, et pénétra sans peine un mystère dont l'ingénue et confiante Florestine désire et veut lui faire part, mais qu'elle craint néanmoins d'avouer. Quoique Alfred ne lui eût pas fait de déclaration, des mots à double sens qu'elle avoit très-bien compris, et des regards mille fois plus expressifs en amour que des paroles, ne lui laissoient aucun doute qu'elle étoit pour le moins autant aimée qu'elle pouvoit aimer elle-même. Ce joli roman, embelli du coloris d'une imagination de seize ans, alarma vivement la prudente madame Villers, et, du ton le plus sévère, elle reprocha à Florestine d'avoir osé donner son cœur sans l'aveu de son père. — Mais ce n'est pas moi qui l'ai donné, répondit naïvement Florestine, il s'est donné tout seul. — Jusqu'ici vous avez fait ma gloire et l'orgueil de votre famille, continua madame de Villers, et maintenant je vous vois rougir de confusion, car vous savez fort bien que le mariage peut seul autoriser votre amour, et qu'en ressentir pour un homme auquel vous n'êtes pas lié par ce saint nœud, c'est vous écarter de cette pudeur et de cette réserve sans laquelle une jeune fille devient bientôt la honte de son sexe. — Et comment me défendre d'aimer celui qui a sauvé la vie à mon père? dit Florestine prête à fondre en larmes, et en appuyant sa tête humiliée contre le sein de sa gouvernante. — Ma chère enfant, reprit madame Villers d'un air plus doux, vous savez que j'ai pour vous la tendresse d'une mère; je dois veiller à votre bonheur; jeune et sans expérience, vous ignorez qu'un père ne consulte pas ce qui plaît, mais ce qui convient quand il est question de marier sa fille : et que deviendriez-vous, si le vôtre vous annonçoit que l'époux que vous avez choisi n'est point celui qu'il vous destine ? — Cependant personne ne pourra mieux acquitter que sa fille les obligations immenses qu'il a contractées. Madame Villers chercha à faire comprendre à sa jeune élève que la reconnoissance n'exigeoit pas le sacrifice des projets que son père pouvoit avoir déjà formés pour son établissement, et que la raison ne connoissoit point les intérêts du cœur. Mais à l'âge de Florestine on ne croit guère au malheur et aux obstacles ; l'imagination de la jeunesse est remplie d'illusions douces et riantes, et sans s'inquiéter de l'avenir, on laisse volontiers au temps et au hasard à décider des événemens les plus importans de la vie.

Florestine pencha long-temps pour un habit de bal de tulle rose garni en fleurs, mais elle finit par choisir une jolie gaze blanche sous une robe de satin blanc, garnie avec des ruches de blonde. Les jeunes personnes ne portent ni diamans, ni pierres de couleur avant d'être mariées, mais elles peuvent se parer de perles ; Florestine en orna son cou et sa tête. Ce genre de parure alloit si bien à son teint, qu'il parut plus éblouissant que jamais, et elle excita une admiration universelle. Accoutumée à produire cet effet, pour la première fois elle en connut tout le charme ; non par coquetterie, mais parce qu'un suffrage général lui faisoit espérer obtenir le seul qu'elle désiroit. On loua non-seulement sa beauté, mais aussi son maintien, sa parure, sa danse, sa modestie. A l'aspect de ce succès prodigieux, la tête d'Alfred tourna tout-à-fait; ses yeux erroient sur tant d'attraits sans pouvoir s'en détacher. Florestine commença à danser avec un jeune homme de la plus belle figure ; on ne savoit pas ce qu'on devoit admirer le plus, de la précision de ses pas, ou de la grâce de ses mouvemens ; mais à l'air froid, au maintien indifférent, au regard vague de Florestine, il est aisé de voir qu'elle ne remarque seulement point des perfections que tout le monde louoit avec une espèce de ravissement. Mais venant ensuite à danser avec Alfred, toutes les grâces animèrent la charmante Florestine ; ses lèvres de rose sur lesquelles l'Amour semble avoir placé tous ses charmes, sourirent imperceptiblement, et ses regards avoient en même temps une douceur si enchanteresse, qu'une joie vive et passionnée éclata sur le visage de l'heureux Alfred.

Voilà un fort beau bal, dit le baron de Foucault au commandeur de Villeneuve, en s'asseyant à côté de lui dans l'embrasure d'une croisée ; beaucoup de monde, une quantité de jolies femmes, toutes mises à ravir ; il faut convenir que tout cela forme un coup-d'œil charmant. Oui, répondit le commandeur ; cependant je voudrois y voir moins d'étrangères ; lorsqu'elles sont jolies et en petit nombre, elles peuvent embellir une fête ; mais il ne faut pas qu'elles y dominent comme dans celle-ci ; on croit être à Londres. Remarquez, je vous prie, ces deux jeunes demoiselles Anglaises ; quelle coquetterie remuante, quels airs de tête ; comme elle la tournent à toute minute, tantôt à droite, tantôt à gauche ; et puis quelles voix perçantes, quelle volubilité ; la lime du serrurier blesse moins désagréablement l'oreille que ce langage étranger au milieu d'un salon de Paris. Et ces promenades, en s'appuyant d'une manière familière sur le bras d'un jeune homme ; tout cela peut être à la mode en Angleterre, mais en France, c'est d'un bien mauvais goût. — Toujours malin et caustique, commandeur. — Depuis que je ne joue plus d'autre rôle dans le monde que celui de spectateur, mon cher marquis, je m'amuse à l'observer, à le juger avec un esprit sain et juste ; et je vous assure que je m'y amuse souvent davantage que dans le temps où j'étois moi-même un des acteurs de ce grand théâtre de nos vices et de nos ridicules. J'ai vécu malheureusement trop long-temps pour n'en pas connoître tous les personnages ; malgré leurs habits de caractères, les broderies et les rubans ne les déguisent point à mes yeux. Si on osoit dire la vérité aux vivans comme aux morts, qu'il seroit facile de faire naître la confusion et la honte sur ces fronts où se peignent la fierté et l'orgueil. — Vous êtes trop bon de leur accorder assez de pudeur pour cela; je crois plutôt qu'ils ressemblent aux femmes dont parle Phèdre, qui ont su se faire un front qui ne rougit jamais. — Vous pouvez avoir raison. Mais à propos de femmes consumées des feux de l'amour, regardez madame de Blosville; quels regards langoureux elle jette sur le jeune Poligny! il ne peut pas faire un mouvement sans qu'elle ne le suive des yeux; plus il l'évite, plus elle se persuade qu'elle a une grande passion pour lui — C'est une sensibilité factice, si vous voulez, répondit le baron, mais enfin c'est de la sensibilité; mais toute celle de la dame qui est assise à côté d'elle consiste en mines et en grimaces; elle a fait une étude de l'amour, non pour le ressentir, mais pour le feindre et l'inspirer; contente du bonheur de plaire, elle laisse à son amant celui d'aimer. Etourdie par air, entraînée de sang froid, c'est la coquette la plus dangereuse et la plus méprisable que je connoisse. — Allons, je vois que vous en parlez en homme piqué, dit le commandeur en riant. Mais que vois-je! non, je ne me trompe pas, c'est madame de ***, célèbre par deux procès scandaleux. Déshonorée par tant d'égaremens, je la croyois depuis long-temps bannie de la société. — Mais d'où venez-vous? vous ne savez donc pas que depuis qu'elle a épousé M. de *** qui lui donne un beau nom et cinquante mille écus de rente, on l'accueille dans le monde; on n'a pas pour cela plus de considération pour sa personne, mais on estime beaucoup son cuisinier, et tout

Paris va chez elle avec empressement. — A la bonne heure; avec les maximes qui règnent aujourd'hui il ne faut s'étonner de rien. Mais dites-moi, comment trouvez-vous cette femme blonde coiffée avec une guirlande de raisins noirs? — Elle me paroît assez jolie; mais il me semble qu'elle a quelque chose de capricieux dans les yeux et dans le sourire; et avec cela une robe si courte et des épaules si découvertes, que je ne serois pas fort tranquille si j'étois son mari ou son amant. — Vous la jugez parfaitement; un amant ne tient jamais avec elle qu'à un fil; à peine elle l'a pris, qu'elle médite comment elle pourra lui faire une infidélité. Cette inconstance s'étend jusqu'à ses meilleurs amis; elle les abandonne sans sujet, sans brouillerie, uniquement parce qu'elle les a aimés, et que la constance lui paroît, en quoi que ce soit, la chose du monde la plus insipide. Mais, ô ciel, que vois-je! madame de Fernon s'approche de nous; c'est bien la femme la plus inepte que je connoisse, et elle joint au malheur de n'avoir pas le sens commun, le ridicule de se croire de l'esprit; elle interrompra dix fois la conversation pour faire les observations les plus triviales et les plus bourgeoises. — Vous savez, commandeur, qu'on se pique toujours des qualités qu'on n'a pas. Heureusement nous en voilà débarrassés; elle a trouvé une place à côté de la baronne de Villefranche. — Pour la baronne, elle a précisément le défaut contraire; c'est un bel esprit, elle veut toujours faire de l'effet, elle s'écoute en parlant; personne n'a jamais porté plus loin qu'elle l'enivrement de l'amour propre; blessée de la moindre contradiction, elle est toujours dans les extrêmes; ou elle admire avec transport, ou elle dénigre avec fureur, et cela avec un ton tranchant qui lui ôte toute grâce, et c'est surtout aux femmes qu'il n'est pas permis d'en manquer. Comme elle sait qu'on cite ses mots, un désir ardent de briller fait qu'elle veut mettre de l'éloquence jusque dans le sentiment. Je me suis trouvé chez elle le jour qu'elle reçut une lettre de son fils, qui, blessé au bras droit, lui écrivoit de sa propre main après avoir été menacé de la plus cruelle amputation : le premier mot que lui arracha un bonheur si inespéré, fut de nous dire avec un ton emphatique : Quel dommage si un si beau chêne eût été ébranché !........ — Je crois en vérité, interrompit le baron, que madame de Lucy est plus minaudière que jamais; observez-la, je vous en prie, ce sont des façons incroyables. Il est fâcheux qu'elle ait ce travers, car elle seroit charmante sans cela. Je me suis trouvé il y a quelques jours dans une maison où elle vint faire une visite ; ne rencontrant heureusement personne là qui valût la peine de faire des frais pour plaire, elle parut aussi aimable que jolie ; mais tout-à-coup il survint un jeune homme d'une figure et d'une tournure agréables ; à l'instant il se fit un changement surprenant dans son maintien et dans son accent ; c'étoit tantôt des manières enfantines et folâtres, tantôt des rires immodérés, des mines impossibles à dépeindre ; on vint à parler de la comtesse de ***, et quelqu'un vanta son esprit, sa politesse, et surtout sa franchise, son aimable simplicité, enfin ce naturel qui donne aux femmes un charme que rien ne peut remplacer : Ah ! oui, s'écria madame de Lucy, de tous les défauts, l'affectation est le plus odieux :

c'est pour ainsi dire le mensonge en dehors; aussi je pardonne tous les travers, excepté celui d'être affecté. On partit d'un grand éclat de rire, et elle demanda naïvement de quoi on rioit. — Le baron avoit à peine achevé ces mots que madame de Fernon s'approchant de lui et du commandeur, dit : Je voudrois bien savoir de quoi vous parlez ? Je vous observe depuis longtemps; je parie que vous dites du mal de tout le monde. — Ah ! quelle calomnie, madame! répondit le commandeur; la méchanceté est un sentiment trop vulgaire pour que vous puissiez nous en soupçonner coupables. — Je sais que vos jugemens et vos idées sont fort bizarres; et avec cela vous avez un talent de critiquer qui me fait peur. — Si cela étoit vrai, madame, je ne m'approcherois jamais de vous, puisqu'il me seroit impossible de l'exercer auprès d'une personne accomplie. — Madame de Fernon n'eut que le temps de remercier le commandeur par un sourire; on l'appeloit pour commencer une contredanse. — Je vous avoue que voilà une fausseté dont je ne vous aurois pas cru capable, lui dit le baron étonné. — Mais il en faut là où la vérité seroit une offense, mon cher baron; si on se disoit tout ce qu'on pense l'un de l'autre, il n'y auroit plus ni urbanité, ni politesse dans le monde, tous les liens de la société seroient rompus; car on est bien près de haïr ceux qui ne nous estiment point sous tous les rapports. Cet entretien fut interrompu par madame de Valcé qui cherchoit des acteurs pour faire la partie de wist de la duchesse de ***.

CHAPITRE IV.

MELVILLE informé par Mme Villers des secrets sentimens de sa fille, et ne désirant que son bonheur, forma volontiers le projet de l'unir à Saint-Geran L'âge, la naissance, la fortune, il réunissoit tout. Cependant, précisément à cette époque, on vint faire des propositions au comte, fort au-dessus des espérances qu'il pouvoit raisonnablement concevoir pour sa fille; on offroit un titre et cent mille livres de rente. Des avantages de cette sorte sont mis à un si haut prix dans le monde, que Melville hésita un moment; mais sa tendresse pour Florestine, son amitié et sa reconnoissance pour

Alfred l'emportèrent à la fin, et son choix fut fixé sans retour.

Il n'est pas besoin de dire les transports des deux jeunes amans en apprenant qu'ils alloient être unis ; ceux qui n'ont jamais goûté le sentiment d'un tel bonheur, n'y croiroient pas ; et les autres le sentent mieux qu'on ne pourroit le peindre.

De toutes les actions de la vie, le mariage est, sans contredit, la plus sérieuse et la plus importante : point de milieu, si nous ne trouvons pas dans cette association de tous nos sentimens et de toutes nos pensées, notre véritable félicité ; elle devient pour nous une source de chagrins qui dépassent tous les autres. Croire que les seules convenances sociales suffisent pour rendre un mariage heureux ,est aussi faux en morale qu'en bonheur. « Un ami du même âge, dit Mme de

Staal, auprès duquel vous devez vivre et mourir ; un ami dont tous les intérêts sont les vôtres, dont toutes les perspectives sont en commun avec vous, y compris celle de la tombe : voilà le sentiment qui contient tout le sort.... » Plus bas, elle ajoute : « La religion ne fait aucune différence entre les devoirs des deux époux ; mais le monde en établit une grande, et de cette différence naît la ruse chez les femmes et le ressentiment chez les hommes. Quel est le cœur qui peut se donner tout entier, sans vouloir un autre cœur aussi tout entier ? Qui promet sérieusement la constance à qui ne veut point être fidèle ? » Mme de Staal est persuadée que tant qu'il ne se fera pas une révolution qui change l'opinion des hommes sur la constance que leur impose la loi du mariage, il y aura toujours guerre entre les deux sexes, non pas une guerre ouverte, mais une guerre secrète, rusée, perfide. Quel tableau enchanteur elle fait du jeune homme qui veut se vouer au long amour! « Ah! qu'un regard fier et mâle est beau, lorsqu'en même temps il est modeste et pur ! s'écrie-t-elle. On y voit passer un rayon de cette pudeur qui peut se détacher de la couronne des Vierges saintes pour parer même un front guerrier. Si le jeune homme veut partager avec un seul objet les jours brillans de sa jeunesse, il trouvera sans doute parmi les contemporains des railleurs, qui prononceront sur lui ce grand mot duperie, la terreur des enfans du siècle. Mais est-il dupe, le seul qui sera vraiment aimé? Car les angoisses ou les jouissances de l'amour-propre forment tout le tissu des affections frivoles et mensongères. Est-il dupe, celui qui ne s'amuse point à tromper pour être à son tour plus trompé, plus déchiré peut-être que sa victime? Est-il dupe enfin, celui qui n'a pas cherché le bonheur dans les misérables combinaisons de la vanité, mais dans les éternelles beautés de la nature, qui parlent toutes de constance, de durée et de profondeur?

Aimable Alfred, vous qui avez de la raison, des principes, de la sensibilité, lisez, méditez chaque ligne de ces pages! Epoux de la charmante Florestine, restez toujours son amant; puissiez-vous ne pas tomber dans le piége du vice et de l'exemple! Que le digne objet dont votre cœur est rempli le préserve à jamais de toute inconstance. Un amour auquel on peut se livrer sans crainte, sans regret, sans remords, est assurément de tous les sentimens celui qui donne le bonheur le plus véritable.

Le mariage n'est communément, pour les très-jeunes personnes, qu'une fête brillante ; mais un sentiment profond donne de bonne heure aux femmes un esprit réfléchi et des idées sérieuses. Il est certain qu'elles mêlent une émotion délicieuse, un charme inexprimable à l'amour. La personne la plus ignorante, la plus vulgaire saura aimer par le cœur ; mais Florestine aime par le cœur et par la pensée : elle voit, entend, sent ce qu'une autre ne soupçonnera seulement point. Le goût et la délicatesse savent embellir pour elle toutes les offrandes de l'amour ; et un sentiment aussi vif qu'exquis lui a fait deviner, par ses propres sensations, toutes les pensées d'Alfred dans le choix des objets que renferme l'élégante corbeille qu'on apporte la veille de son mariage. Le comte est d'abord un peu surpris de n'y voir qu'un écrin assez mesquin, et une grande quantité de fleurs et de blondes, parce qu'il ignore que Florestine a dit à Alfred qu'elle ne vouloit porter de diamans qu'à trente ans, trouvant inutile de paroître moins fraîche et moins jeune qu'elle ne l'est réellement. Mais en achevant de vider la corbeille, on trouva au fond un joli portefeuille, et une bourse contenant mille louis. Alfred a présumé, avec raison, que Florestine seroit charmée de faire des présens à plusieurs de ses amies ; il croit aussi qu'elle destinera avec plaisir une partie de cette somme à soulager quelques malheureuses familles. Cependant le comte ayant ouvert le portefeuile, en tira un papier, sur lequel étoit écrit : « Présent de noce » de madame de Saint-Geran, à » madame Villers. » Ce présent consistoit dans un contrat de trois mille francs de rentes viagères en faveur de la gouvernante de Florestine. — Voici une corbeille dans un goût nouveau, dit madame de Valée, et qui fait autant l'éloge de celle qui la reçoit que de celui qui la donne.

CHAPITRE V.

Venez, mon cher Alfred, dit tout bas Melville à son gendre futur, j'ai arrangé un dîner chez Robert avec des gens aimables ; j'ai besoin de me distraire : depuis huit jours, je n'entends parler que d'étoffes, de fleurs, de dentelles. Ma fille veut avoir mon avis sur tout, et je n'ose pas lui dire que je n'entends rien aux ajustemens des femmes, dans la crainte qu'elle ne s'imagine que je ne m'intéresse pas assez à ce qui doit la parer et l'embellir ; mais le fait est que je suis excédé de tous ces détails.

Alfred n'ayant jamais été au Salon des Etrangers, croyoit aller chez un restaurateur ordinaire; mais en voyant une belle avenue aboutissant à un hôtel magnifique, des appartemens éclatans d'or et de soie, élégamment éclairés en bougies, une foule de laquais sans livrée, empressés à servir, quoique marchant posément; une table couverte des plus beaux cristaux, des plus belles porcelaines; enfin, tout ce que la richesse offre de plus somptueux, et le goût de plus exquis, il se crut chez un de ces heureux mortels de Paris, qui, comblés des faveurs de la fortune, aiment les plaisirs et les arts de toute espèce. Cependant, toutes ces recherches du luxe n'étoient que de foibles accessoires que l'or peut donner, tandis qu'il ne donne pas le talent; et la France ni l'Europe n'en ont jamais vu qui puisse approcher de celui de Robert; il est né cuisinier, comme

Homère est né poëte. Lorsque Voltaire s'écrie :

« Qu'un cuisinier est un être divin ! »

il étoit loin de penser que cet art n'étoit alors que dans son enfance : il repousseroit sûrement aujourd'hui avec dédain les ragoûts dont il a tant vanté les délices.

Rien n'est plus agréable qu'un repas dont l'étiquette est bannie, et où règne cette douce liberté, l'âme de la société. Les Français sont plus sensibles que toutes les autres nations au plaisir de paroître aimable ; mais c'est principalement sur les Parisiens que le désir de plaire exerce un grand empire; il est certain qu'ils possèdent ce don à un degré supérieur. Un étranger, qui fait depuis long-temps de vains efforts pour l'acquérir, et qui n'en a jamais pu saisir la grâce, disoit dernièrement avec dépit :

Il faut convenir qu'un peu plus de bon sens feroit disparoître beaucoup d'esprit des salons de Paris. En cela, comme en plusieurs autres choses peut-être, les Français ressemblent à ces jolis papillons, dont les taches sont des beautés. Au reste, faisons en sorte de mériter toujours le même reproche; mais malheureusement nos organes sont tellement accoutumés aux impressions fortes, qu'il n'y a que trop de tendance à mettre à la place de cette légère plaisanterie, de ces saillies ingénieuses, de cet enjouement doux et agréable, de ces traits fins et piquans, des dissertations très-profondes et toutes politiques. On revient sans cesse, et malgré soi, à ce sujet de conversation. Il seroit sans doute absurde de le vouloir entièrement bannir de nos entretiens. Nous sortons à peine d'une horrible tourmente; la tempête nous menace peut-être encore : nous sommes environnés de nouvelles institutions ; tous les droits sont continuellement mis en question ; des intérêts divers font naître beaucoup d'opinions opposées ; avec cela, chacun veut arriver à quelque chose : alors, comment ne point parler politique, lorsqu'elle est devenue le mobile de toutes nos actions ? Ce n'est donc que du trop, ou de la manière d'en parler, qu'on peut se plaindre. M. Roger, dans son discours de réception à l'Académie, discours rempli d'observations ingénieuses, a parfaitement dépeint la plupart de nos conversations de salons, lorsqu'il dit : « Nous ne conversons plus aujourd'hui, nous discutons ; la révolution a passionné le langage ; on ne connoît plus la douceur de la causerie ; on se parle, mais on ne se répond plus ; on poursuit son idée sans s'inquiéter de la réplique, et la conversation ressemble souvent (à l'harmonie près) à une finale d'opéra buffa.. »

Après les premiers propos de table, on commença par effleurer différens sujets ; ensuite un ami de Melville dit que la veille il s'étoit trouvé avec M. de P..... ; cet aimable abbé a toujours en réserve quelques anecdotes intéressantes sur Buonaparte, qu'il raconte avec un air, un accent, des mines, des gestes, et un esprit qui donne du prix aux plus petits détails ; il transporte ceux qui l'écoutent au milieu de la scène qu'il dépeint. Comme aumônier de Napoléon, il se trouva à la cérémonie de son mariage. Restez à côté de moi, lui dit Buonaparte tout bas, afin de me dire tout ce que j'ai à faire. Au premier coup-d'œil qu'il jeta sur la décoration de l'espèce de chapelle construite au bout de la galerie du Louvre, il parut d'abord très-satisfait : voilà qui est fort beau, dit-il ; mais un moment après il ajouta : mais, non, cela a l'air d'un bastringue. Dans le fait, continua M. de P...., on voyoit des fanfreluches bleues et roses, très-déplacées dans cette circonstance ; et remarquez que c'est encore là une des singularités de cet homme extraordinaire, d'avoir le sentiment exquis de toutes les convenances, et d'y avoir continuellement manqué dans toutes les occasions. Enfin, voilà l'empereur et l'impératrice à genoux sur leur prie-dieu ; tout à coup Napoléon me demande, d'un air sombre, où sont les cardinaux ? — Les voici, Sire ; et je lui montre l'endroit où on les avoit placés. — Où sont les cardinaux ? répéta-t-il encore, et de ce ton qui déceloit chez lui une forte colère. — J'ai déjà eu l'honneur de montrer à

Votre Majesté la place qu'ils occupent. — Les sots ! qu'ils sont bêtes ! Il ajouta encore différens autres termes de dédain et de mépris, de ce que sur vingt-trois cardinaux à cette époque à Paris, treize seulement assistoient à cette cérémonie. En venant de recevoir la bénédiction nuptiale, Napoléon me demanda : pourquoi l'impératrice ne m'a-t-elle pas rendu un anneau ? — En France, la coutume veut que l'époux seul en donne. — Ah ! c'est bien. Et un instant après, il ajouta tout bas, en se penchant vers mon oreille : Savez-vous pourquoi les femmes reçoivent un anneau ? Cet usage se rattache à une ancienne loi romaine, qui veut que tous les esclaves portent des anneaux ; nos femmes n'étant que nos esclaves, elles doivent porter ce signe de la servitude. — Voilà donc Napoléon, poursuivit M. de P...., dans toute l'ivresse de la joie d'avoir épousé une archiduchesse, qui ne voit cependant en elle que son esclave! Ces paroles expliquent tout; car un mortel imprégné d'une pareille dose d'orgueil ne doit pouvoir vivre que dans le sein du despotisme. Au commencement de l'élévation de Buonaparte, dit Valbrun, plusieurs personnes ajoutoient à ses titres celui de restaurateur du Louvre. Un vieux Suisse, qui avoit le privilége d'en exercer l'emploi depuis quarante ans, se plaignit de cette usurpation : voyez donc cet ambitieux qui vient de m'enlever mon titre; et que serois-je donc, s'il faut que je le lui cède?—Après avoir plaisanté sur ce premier détrônement, Merville ajouta : quoiqu'il soit difficile de supposer à Buonaparte le projet d'une évasion, on assure cependant qu'une des personnes qui l'ont accompagné à Sainte-Hélène, récemment revenue en Europe (1), a raconté qu'un matin, un officier de bouche de Napoléon, se présenta chez lui, en disant : Sire, je vous demande la permission de m'en aller ; il faut que je retourne en France, je n'y tiens plus. — Tu es donc plus pressé que moi, répondit Buonaparte. — Comptez, interrompit Valbrun, que s'il ne s'agissoit que d'une seconde violation de la foi donnée, ni le souvenir de ses deux chutes consécutives, ni celui des malheurs où il a jeté la France, ne l'arrêteroit ; nous le verrions encore tenter une nouvelle éruption d'ambition et d'extravagance : mais les précautions pour le garder sont si bien combinées, qu'elles présentent toutes les sûretés que la prudence et l'esprit humain peuvent donner ; et à moins qu'il ne puisse s'envoler,

(1) M. Las-Case.

il ne s'échappera point. — Cela est consolant à penser, dit le marquis de Blansac; mais en attendant, il nous a mis dans une fâcheuse position. — Dont nous nous tirerons quand on voudra, répondit Saint-Val; il faut seulement savoir qu'avec des Français on peut tout hasarder, hors de vouloir les flétrir; c'est une nation fière et noble : consultez toujours ces deux traits caractéristiques de ses mœurs, agissez en conséquence, et elle fera des miracles. Souvenez-vous de ce mot dit par un soldat, *impossible* n'est pas français. — Je suis de l'avis de Saint-Val, répliqua Melville. — Et moi aussi, reprit le marquis; pensez-vous donc que je ne rende pas justice à ma nation? Je dis de plus qu'elle est la plus facile à gouverner; il ne s'agit que de la bien connoître; mais on lui parle beaucoup trop à présent : l'honneur, ce mot suffit aux

Français, du moins à ceux qui ne se sont pas laissé égarer par les longs raisonnemens dont on les ennuie depuis vingt-cinq ans. Louis XIV n'avoit qu'un seul vaisseau, à moitié pourri, sur les chantiers de Toulon, quand il a dit à ses sujets : soyez marins et vainqueurs, je veux l'empire de la mer; et bientôt l'univers a été rempli des trophées de la marine française. Il est vrai que dans ce temps-là, nous n'étions pas encore un peuple éclairé et raisonneur; sans cesse occupé à faire de nouveaux commentaires sur les droits de l'homme, nous ne nous connoissions alors tout bonnement qu'en valeur, en esprit, en générosité, et surtout en honneur, dont nous comprenions les moindres signes : il y avoit moins de chevaliers, j'en conviens; mais, en revanche, plus d'esprit de chevalerie qu'aujourd'hui; ou il a fallu faire un supplément au dictionnaire pour pouvoir exprimer ce que nous avons appris et acquis depuis la révolution, en gloire et en vertus civiques. — Hé bien, je vais exercer une des vertus civiques les plus prônées à de certaines époques, et faire une dénonciation, dit Valbrun. Notre ami D***, que voici, a fait une fort jolie épître. Il suppose qu'un de ces poëtes à gages du dernier gouvernement, s'adresse à un de ses dignes confrères, et s'étonne de la facilité avec laquelle sa muse a su se plier aux circonstances. Il lui dit à ce sujet des choses vraiment fort piquantes.

On montra une vive curiosité, et après quelques refus qui précèdent toujours le consentement dans ces sortes d'occasions, M. D*** se rendit aux désirs de la société, et récita les vers suivans :

« Digne amant des neuf sœurs, cher frère en Apollon,
» Chantre pensionné du grand Napoléon,
» Dis-moi quel nouveau dieu provoquant ton génie
» De tes vers pour le Roi consacre l'harmonie.
» Tout le monde s'étonne, et déjà les journaux
» Vantent les nobles fruits de tes talens royaux.
» Quoi! les souverains seuls font raisonner ta lyre!
» Ah! que tu connois bien l'art de te contredire!
» Je voudrois t'imiter, mais je crains un écueil;
» De ton héros passé je porte encor le deuil.
» Mes odes n'auront plus la même mélodie;
» Tous les malins crîront à la palinodie:
» Ils me diront sans doute, en se moquant de moi:
» Vous chantiez l'empereur, et vous chantez le Roi!
» Nous avons dit tous deux que le fils de la guerre
» Par ses rares vertus a consolé la terre,
» Qu'il étoit le plus grand et le plus généreux,
» Qu'il aimoit les Français, moins pour lui que pour eux;
» Que s'il s'en emparoit dès leur adolescence,
» C'étoit pour les former, leur faire voir la France;
» Qu'un jeune homme gagnoit beaucoup en voyageant,
» Qu'on se portoit bien mieux, surtout en se battant;
» Qu'une jambe de moins conduisoit à la gloire,
» Et qu'il falloit mourir pour vivre dans l'histoire.
» J'étois fort éloquent; et de tous les auteurs
» Inscrits par la police au livre des flatteurs,
» Je puis bien me vanter, tant mon vers est sublime,
» Tant il est belliqueux, et tant il vous anime,

» D'avoir conduit moi seul sous nos heureux drapeaux
» Dix mille hommes au moins morts aux champs des héros ;
» Et tous morts en chantant ! Ah ! s'ils pouvoient renaître,
» Avec plaisir encore ils chanteroient peut-être !
» Voilà de ces succès qui, près de l'empereur,
» Obtenoient aisément pensions et croix d'honneur.
» Maint poëte la reçut sans prendre tant de peine ;
» L'un fit un vaudeville ;... et moi seul par centaine
» J'en ai fait pour le prince et son auguste fils,
» Pour tous les chambellans, pour tous les favoris ;
» La berceuse en voulut, et ma muse trop fière
» S'indigna de chanter pour une chambrière ;
» Je tentai cependant de lui faire un couplet :
» Je n'y réussis pas.... mais un autre l'a fait ;
» Un rival, plus adroit et plein de courtoisie,
» Sucra de petits vers tout confits d'ambrosie ;
» Placés sur le refrain du plus joyeux *zon zon*,
» Ils firent dans l'instant le tour de la maison ;
» C'étoit une folie ; et bientôt la nourrice
» Répéta la chanson, qui parvint jusqu'au suisse.
» Tous les valets dorés l'apprirent à l'enfant ;
» Si bien qu'il le répète au père en bégayant.
» O charme des beaux vers ! ô triomphe admirable !
» Le *zon zon* fit pleurer le héros redoutable.
» De ce nouveau chef-d'œuvre il fait venir l'auteur,
» Il le charge d'argent, il le comble d'honneur ;
» Il l'arme chevalier : la couleur purpurine,

» Enlacée à la croix, flotte sur sa poitrine.
» Il n'est plus ce bon temps; un jour a tout perdu;
» Je n'aurai plus d'esprit, mon maître est abattu.
» Qui le louoit le plus obtenoit davantage;
» Il payoit son éloge à tant d'écus la page.
» L'auteur du Boulevard, et l'auteur des Français,
» Selon leurs numéros, recevoient leurs paquets;
» Et les fonds, répartis avec toute justice,
» Nous étoient délivrés au bureau de police.
» De montrer du talent n'étoit pas un devoir:
» Serions-nous maintenant obligés d'en avoir?
» Cela seroit gênant; au demeurant, j'espère
» M'en passer comme vous, mon très-digne confrère.
» Commençons, il le faut, puisque tel est mon sort,
» Et brochons un éloge en déguisant l'effort.
» Hélas! chantre benin de meurtre et de carnage,
» Comment forcer ma muse à changer de langage?
» Je ne peignis jamais que nos fiers combattans,
» La rage et la fureur, la mort et les mourans,
» Les cadavres noircis étendus sur la neige
» Sujets délicieux ignorés du Corrège.
» Une paix est bien fade après ces grands tableaux.
» Je m'en vais donc quitter tous mes vaillans héros,
» Renoncer à l'éclat de mes beautés postiches,
» Et de simples vertus parer mes hémistiches.
» Quel est mon embarras! Et puis tous ces Bourbons
» Veulent moins être grands que prouver qu'ils sont bons.
» Louis a le projet de gouverner en père,

» De chérir ses enfans, de consoler la terre,
» De la rendre à la paix, à la prospérité;
» Les mères jouiront de leur fécondité;
» Le soldat, honoré du prix de sa vaillance,
» Au foyer paternel déposera sa lance;
» A sa famille heureuse il redira ses maux,
» Et bénira le Roi qui le rend au repos.
» A peindre des vertus puis-je abaisser mon style?
» Ces passe-temps bourgeois sont bons pour une idylle.
» Ah! si Louis vouloit gouverner en tyran,
» Seulement l'essayer une ou deux fois par an,
» Je verrois, pour louer, à reprendre la plume,
» A refrapper mes vers sur la royale enclume.
» Mais Louis voudra-t-il qu'on en dise du bien?
» Souffre-t-il les flatteurs, et me paîra-t-il bien?
» Non; du train dont il va, la muse de l'histoire
» Ne pourra d'une faute accuser sa mémoire.
» C'est bien contrariant pour un célèbre auteur
» Qui peint si joliment les scènes de fureur,
» Et qui, de compte fait, sous notre ancien empire,
» Avoit quinze combats par année à décrire.
» Il faut donc renoncer à ces brillans forfaits,
» Mon talent est perdu, Louis a fait la paix;
» Et je me vois forcé, poëte débonnaire,
» Puisqu'on ne se bat plus, de n'avoir rien à faire (1). »

---

(1) Cette épître a été composée trois mois après la première restauration, mais n'a jamais été imprimée, du moins à ma connoissance.

Après avoir payé le tribut d'éloges qu'on doit au talent ou à la complaisance d'un auteur, on se plaignit que la politique avoit fait négliger les vers. J'espère, dit M. de Valbrun, que bientôt les esprits fatigués aimeront à se reposer sur des idées douces et agréables, et qu'on reviendra au pur amour des lettres. La littérature française a eu deux grandes époques de gloire; une troisième ne seroit peut-être qu'une conséquence naturelle des deux précédentes. Ne voyons nous pas, outre plusieurs talens distingués, quelques jeunes favoris des Muses aspirer, avec succès, à l'honneur d'enrichir de nouveaux trésors notre langue déjà si riche et si pleine de grâce et d'harmonie? On remarque que, tout en dédaignant l'esprit routinier, ils ont une juste défiance de l'esprit novateur; ils cherchent bien à arriver par des voies nouvelles, mais ils veulent que ces précieuses découvertes soient approuvées par le goût. — Vous espérez donc, répondit le marquis, qu'après vingt-cinq ans d'exagérations, d'erreurs et de folies, les idées saines finiront par prévaloir? Mais, expliquez-moi comment il est possible que, dans ce siècle de lumière, avec ces progrès de l'esprit et du savoir répandus presque dans toutes les classes de la société, on s'abandonne, aujourd'hui plus que jamais, à la plus grossière superstition? Allez dans la rue de Tournon, soir et matin, vous la trouverez encombrée de voitures. Entrez dans le salon de mademoiselle le Normand, vous y verrez briller l'or et la soie, et ce n'est point aux dépens du peuple ignorant qu'elle l'a meublé. Un journal va jusqu'à assurer que des hommes d'Etat, même des esprits forts, viennent secrètement interroger la moderne sibylle, dont toute la science consiste à prédire à chacun ce qu'il désire le plus : la duchesse et la grisette mettent la même importance à connoître leur sort, avec la différence que l'une paie son oracle un louis, et l'autre cinq francs.

Comme on étoit au moment de se lever de table, Melville fit demander un journal, pour voir les spectacles. Opéra : *le Rossignol*, *le Carnaval de Venise*. Quoique la flûte de M. Toulou lutte avec l'aimable chantre du printemps, elle attirera moins de monde que la simple pantomime de mademoiselle Bigottini et de madame Courtin. Théâtre Français : *le Chevalier à la mode*. Il y a peu de pièces plus amusantes, depuis que mademoiselle Leverd s'est chargée du rôle de madame Patin. Avec cela, *la Suite d'un Bal masqué*, jolie petite comédie, pleine d'esprit et de grâce. Opéra-Comique : *Richard Cœur-de-Lion*, *Blaise et Babet*. Faydeau fait bien de jouer ses anciennes pièces, car à la troisième représentation des nouvelles, il n'y a pas cinquante personnes dans la salle. Théâtre royal Italien : passons, madame Catalani est absente, et le reste ne vaut pas la peine d'être nommé. Odéon : *les deux Philibert* ; *le Chemin de Fontainebleau*. Il est difficile de faire des couplets plus spirituels et plus français que ceux chantés sur cette route. Vaudeville : *la Folie Beaujon*. Quoique moins gaie que *la Folie* des Variétés, on y trouve une critique fine et piquante. Gaieté : *Hassem ou la Vengeance*. Ambigu-Comique : *la Fille maudite*. Cette fille pourroit bien devenir une fille d'or pour ses auteurs, car on lui trouve tous les défauts et toutes les qualités qui attirent la foule pendant cent représentations. Porte Saint-Martin : *le Barbier de la Cité*, *la Chaste Suzanne*. Cirque Olympique : *Atala et Chactas*. Demain, grand Concert vocal et instrumental. Quoique les concerts fassent bâiller Paris d'un bout à l'autre, il est du bon air d'y aller. Il faut avouer, continua Melville, qu'il seroit difficile de trouver une autre ville en Europe qui offre tant de variétés et de perfections dans les plaisirs ; aussi voyons-nous accourir, de toutes parts, une foule d'étrangers, pour venir à Paris y rendre hommage à nos arts et à nos spectacles — C'est du moins un tribut tout à fait volontaire, dit Saint-Val, et qui ne leur est imposé que par le goût et le génie.

CHAPITRE VI.

Douée de tous les biens que la nature et la fortune peuvent donner, il ne manquoit à Florestine pour rendre sa félicité parfaite, que d'être unie à un époux de son choix ; et maintenant qu'elle va prononcer au pied des autels des sermens confirmés par son cœur, elle croit qu'au ciel même il est impossible d'être plus heureuse. Hélas ! une triste expérience ne lui a point encore fait connoître les inconstances de la vie, ses trompeuses espérances et son chimérique bonheur.

Melville, à l'insu de sa fille, faisoit travailler depuis un mois à l'appartement qu'elle devoit occuper après son mariage; car il étoit convenu qu'Alfred demeureroit chez son beau-père.

Vautrin, un des premier tapissiers de Paris, fut chargé par le comte, des décorations et de l'ameublement. La mode ne détermine pas d'une manière exclusive les couleurs et les formes des meubles; la singularité est un grand mérite en ce genre; on voudroit toujours avoir ce que personne n'a; beaucoup de gens recherchent maintenant des meubles anciens comme une nouveauté.

Le jour du mariage, Melville fit appeler sa fille de bonne heure dans la matinée pour lui faire voir l'appartement qui lui étoit destiné. La surprise ajoutoit à chaque instant au plaisir de Florestine. Elle entra d'abord dans un salon doré, tendu en velours nacarat; des siéges de bois doré, garnis de la même étoffe que la tenture; les draperies des fenêtres et des glaces, d'une invention nouvelle; un lustre brillant; une pendule et des candélabres de bronze doré, richement ciselés; des consoles ornées de groupes de marbre, des vases précieux, une table en malaquite, donnoient à ce salon l'air le plus riche et le plus élégant. De là on passoit dans la chambre à coucher, vrai temple de Vénus. Pour donner une idée du lit et des draperies, il faudroit pouvoir les dessiner. Ces deux objets de la chambre à coucher d'une femme sont ordinairement ceux sur lesquels on a le plus réfléchi et qu'on a le plus discutés. L'âge, le genre de beauté de celle qui doit l'habiter, l'état, le rang de son mari, tout cela doit être consulté par un tapissier qui a du goût et l'esprit des convenances. Voyons si M. Vautrin ne s'est point trompé dans cette occasion. Deux rideaux, dont l'un en mousseline brodée des Indes, et l'autre en étoffe de soie lilas brodée en argent, reposoient sur un arc; différens autres trophées et emblèmes héroïques et militaires, disposés avec goût, formoient le baldaquin d'un lit, qui en façon de gondole étoit porté par quatre cygnes. Il est inutile de dire que les siéges en bois d'acajou, la tenture, les rideaux des fenêtres, les diverses décorations de la chambre, étoient d'accord pour l'étoffe et la couleur, avec la draperie du lit. Outre les meubles ordinaires d'une chambre à coucher, on y voyoit plusieurs de ces petits meubles volans de formes différentes, dont la plupart sont en racines d'if, de buis ou d'orme tortillard. Ces bois offrent des accidens fort jolis : artistement travaillés ils sont préférables à l'acajou qui en vieillissant prend une couleur si sombre, qu'elle

*

finit par donner un air de tristesse aux appartemens. Une jardinière avec un buisson de roses naturelles, parfumoit l'air de la plus douce odeur. Tous les ornemens de la cheminée étoient en albâtre, ainsi que la lampe suspendue au plafond. Florestine trouva plusieurs jolis coffres, les uns en écritoires, les autres en nécessaires et en boîtes à ouvrage, placés sur la commode et le bonheur du jour. Il y avoit de quoi satisfaire les fantaisies de la jeune personne la moins modérée, et cependant elle n'avoit point encore vu la plus charmante pièce de son appartement.

Une jeune femme qui aime la lecture, trouve dans ce goût, surtout s'il est vif, des avantages immenses; c'est un bonheur qui a de l'influence sur sa vie entière; elle évitera mille fautes que l'ennui et le désœuvrement font sans cesse commettre ; et elle se prépare des moyens de plaire lorsque les agrémens de la jeunesse l'auront abandonnée.

Il y a à Paris une fort belle personne qui joint à beaucoup d'esprit les grâces les plus aimables, et les vertus les plus attachantes. Son mari en avoit été très-amoureux ; elle ne cessa de lui plaire, après deux années de possession, que parce qu'il avoit cessé de la désirer. Ce tort étoit apparemment fort grand à ses yeux, car les manières les plus froides, les plus insensibles avoient remplacé ces temps d'amour et d'ivresse. Sa femme, ne pouvant pas régler ses sentimens sur les siens, étoit dans un état de souffrance continuelle. Dans les momens où son cœur étoit le plus brisé par la douleur, au lieu de chercher de dangereuses consolations dans les vains plaisirs du monde, elle s'enfermoit dans son cabinet, et avoit recours à ses livres. D'abord elle lisoit avec distraction ; le livre lui échappoit souvent des mains ; ensuite elle reprenoit sa lecture, bien déterminée à ne plus la quitter, et insensiblement cette lecture opéroit l'effet le plus salutaire ; son attention se fixoit, l'agitation de son âme se calmoit, et elle retrouvoit une sorte de tranquillité.

Mais revenons à Florestine et entrons avec elle dans un joli cabinet attenant à sa chambre à coucher. D'un côté on avoit placé des rayons en acajou qui contenoient à peu près six cents volumes choisis par un homme de lettres ami de Melville ; de l'autre des gravures représentant des sujets gracieux ; au fond un piano, un bureau au milieu, et une table à ouvrage près de la fenêtre.

Après avoir exprimé sa reconnoissance dans les termes les plus touchans, Florestine quitta son père pour aller s'habiller. Madame Villers voulut elle-même parer son élève, lui passer sa robe de noce de mousseline des Indes, garnie en Angleterre, et poser sur sa tête virginale le bouquet de fleurs d'orange et le voile de dentelle.

Tout ce que la cérémonie du mariage a d'imposant et de solennel se change en émotions délicieuses quand c'est l'amour qui est chargé d'allumer le flambeau présenté par l'hymen. Enfin le moment est venu; le charmant couple est au pied des autels; ils ne sont point effrayés de prononcer le serment qui leur fait un devoir de prolonger jusqu'au tombeau le sentiment qui les unit, et ils écoutent avec joie le prêtre respectable qui leur dit que ce sentiment se renouvellera dans le ciel.

En revenant de l'église on déjeuna ; et aussitôt après les nouveaux mariés partirent pour aller passer quinze jours à la campagne, les fêtes du mariage ne devant avoir lieu qu'après cette époque.

CHAPITRE VII.

Saint-Val voyant le comte un peu triste du départ de ses enfans, l'engagea à venir dîner chez mademoiselle ***, actrice du Théâtre Français. On se propose d'être fort gai, ajoute-t-il; nous aurons le célèbre mystificateur M. *** qui possede depuis trente-six ans le rare don d'amuser tout Paris, quoiqu'il n'ait qu'un ton et qu'une manière de plaisanter et de faire rire.

Melville trouva plusieurs personnes de sa connoissance chez mademoiselle ***, entre autres le comte de S ***. Sous la régence on citoit le maréchal de Villeroi comme l'homme qui pouvoit donner l'idée la plus juste de l'esprit et des façons d'un grand seigneur de la cour de Louis XIV. Le maréchal de Richelieu offrit ensuite à la jeune cour de Louis XVI un modèle parfait de la politesse et des mœurs de son temps ; et M. S *** avec beaucoup moins d'avantages du côté de la naissance, de la fortune, et des qualités éclatantes, sait cependant nous retracer aujourd'hui tout aussi parfaitement les agrémens et les vices de la fin du dix-huitième siècle. A cinquante ans passés, sa tournure et ses habitudes sont celles d'un jeune homme ; il a sauté à pieds joints sur l'époque de l'âge mûr, et il passera de la jeunesse à la caducité. Avec des manières pleines de grâces et d'élégance, sa politesse est haute et impertinente ; on voit qu'il est quelquefois comme incertain s'il doit admirer ou dédaigner ; mais son jugement une fois porté, il décide d'un ton tranchant ou bien il persifle. Ce mot n'est plus de mode, mais il exprime très-bien le genre de critique de M. S. Elle inspire en général beaucoup de crainte. Ses jugemens en tout ce qui concerne le goût et la mode sont sans appel. Il aime surtout à faire des plaisanteries fines et piquantes (sans être grossières) contre les personnes qu'il veut vouer au ridicule; ses imitateurs vont puiser à son arsenal un grand nombre de traits ; mais aucun d'eux ne saisit sa grâce et sa légèreté. Comme il a le talent, tout en ayant l'air de s'oublier, de parler de lui d'une façon épisodique, on apprend bientôt ses bons mots : le plus sûr moyen de les répandre dans le monde, c'est de les conter soi-même.

Peu de momens avant de se mettre à table, M. de S. vit arriver avec surprise un homme sans naissance, sans esprit, sans mérite, pour lequel il avoit le plus souverain mépris. Le trouvant trop *mauvaise compagnie* pour dîner avec lui, il parla bas à la maîtresse de la maison, et un quart d'heure après elle annonça qu'il y avoit deux personnes de plus que la table ne pouvoit contenir, qu'il étoit trop tard pour faire un autre arrangement, et que nécessairement il falloit qu'un de ces messieurs eût la complaisance de dîner à la petite table avec mademoiselle Zéphirine. Cette proposition ne pouvoit regarder que Derseville; tous les yeux se tournèrent sur lui. Piqué de cette unanimité tacite, Derseville se leva, et sortit. Fâché alors de perdre l'occasion de l'humilier en le faisant dîner à la petite table avec la demoiselle de compagnie d'une actrice, M. de S *** courut après lui. — Eh!

non, eh! non, Derseville, revenez, que faites-vous? cette susceptibilité est du plus mauvais goût; si vous étiez un de ces gentils hommes de fraîche date qui craignent avec leurs parchemins d'avant-hier de compromettre leur dignité, à la bonne heure; mais vous, vous! eh! cela n'a pas le sens commun; rien n'est plus bourgeois que ces façons là; formez-vous donc un peu; ne savez-vous pas que dans un dîner comme celui-ci, on peut jouer le premier rôle, et être assis à la dernière place? Derseville aussi bête que vain fut la dupe de ce persiflage, et devint sans s'en douter le sujet de la seule plaisanterie qui eut du succès pendant le dîner. On sait combien le projet de rire nuit à la gaîté; il n'y a que les parties inopinées qui réussissent; l'attente ôte presque toujours au plaisir son charme et sa vivacité. Au dessert on pria un des plus aimables convives de chanter : depuis quelques années cette mode reprend, et on revient à ce moyen de nos bons aïeux d'égayer un repas *sans étiquette.* Tout le monde connoît les jolies chansons de Désaugiers ; il y en a plusieurs qui sont pleines de finesse, de vérité et de grâces ; on y trouve les vers les plus heureux. Il faut plus d'esprit sans doute pour avoir fait *Phèdre* et *Mérope.* que *Paris à cinq heures du matin* (1); mais la perfection en tout est admirable (2).

A onze heures du soir Melville demanda à M. de S *** s'il vouloit venir chez le duc de C ***. L'élite de Paris s'y trouvoit rassemblée.

« *Un monstre dans Paris croît et se fortifie.* »

---

(1) Chanson de Désaugiers.

(2) Montesquieu avoit un recueil de chansons écrit de sa main ; il avoit mis sur le dos de chaque volume : *l'esprit français.*

Ce monstre cependant n'a rien de farouche, quoiqu'il dévore souvent en une seule soirée, maisons, châteaux et terres. Les admirateurs des mœurs du jour doivent triompher en voyant qu'aujourd'hui un mari peut en présence même de sa femme perdre sa fortune, qu'un fils peut se ruiner sous les yeux de sa mère ; et tous les deux dans la meilleure compagnie de Paris ! La morale ne gagne-t-elle pas évidemment à ce changement ? Ce délire du jeu doit finir bientôt par être imité des bourgeois ; jusqu'ici ils n'ont pas encore oser faire venir la banque dans leurs réunions ; à la place du creps, on ne joue que le modeste écarté ; mais comme il est dans l'ordre que la classe moyenne veuille toujours singer la classe plus élevée, il n'y a pas de doute que l'hiver prochain tous les salons ressembleront à ceux du Palais-Royal.

On jouoit un jeu énorme chez le duc de C ***; la table *moussoit de billets*, c'est le terme. Des commencemens heureux donnèrent à M. de S *** une confiance aveugle dans sa fortune; elle changea subitement, et à trois heures du matin il perdoit cent trente mille francs. Plusieurs jeunes gens sortirent de cette élégante assemblée, sinon ruinés, du moins gênés pour long-temps. Ces pauvres papillons qui viennent se brûler à ces brillans candélabres ne savent pas qu'il existe des moyens très-honnêtes de gagner; mais il faut être privilégié comme de certaines duchesses auxquelles on fait l'avantage d'être *contristes* (1), ce qui donne un

(1) C'est-à-dire de pouvoir jouer contre le cornet avec tous les avantages du banquier.

bénéfice certain de dix pour cent sur chaque coup. Le jeu est alors moins un entraînement qu'un calcul bien entendu; et si on risque encore de perdre, à coup sûr ce n'est point son argent.

CHAPITRE VIII.

Le mariage, loin d'affoiblir l'amour d'Alfred pour sa femme, sembloit l'avoir augmenté ; il découvroit chaque jour en elle des charmes inépuisables et de toute espèce. Florestine livrée à sa tendresse, enchantée de celle qu'elle inspiroit, parcouroit un cercle d'amusemens délicieux, et les soins que prenoit Alfred de les varier et de les rendre plus agréables, faisoient éclater encore davantage les marques de sa passion. Que vous êtes heureuse ! lui dit un jour madame de Valée. L'amour ne vous offre que des plaisirs exempts de craintes et de dangers ; le mariage n'est point un joug pour vous, c'est une chaîne de fleurs. Mais prenez garde, ma chère Florestine ; tout ce qui nous transporte trop hors de nous-mêmes, ne peut être durable. — Et que peut-il donc m'arriver? répondit madame de Saint-Geran, un peu alarmée. — Rien que d'heureux, à ce que j'espère : cependant, je voudrois que vous ne laissassiez pénétrer que des sentimens qui peuvent toujours durer; car des soins, des attentions, qui tiennent à la passion, vous donneront nécessairement dans quelque temps l'air du refroidissement. Croyez-moi, on s'expose à de grands chagrins, en faisant dépendre son bonheur d'un sentiment aussi fragile que l'amour; c'est l'amitié, la confiance d'un mari, qu'il est indispensable de posséder sans partage. — Alfred survint, et Florestine, en lisant dans ses yeux les protestations des plus tendres sentimens, ne conserva aucune inquiétude sur leur durée.

Saint-Geran proposa à madame de Valcé et à sa femme d'aller voir l'exposition des tableaux. Un moment après, arriva Saint-Val. — Vous allez venir avec nous, lui dit Alfred. Mais, qu'avez-vous donc fait hier au soir? on vous a attendu chez madame de Sivry. — Un accès de paresse m'a pris en sortant de table, répondit Saint-Val; je n'ai pas eu le courage de m'habiller; j'en ai profité pour aller voir au théâtre de la Porte Saint-Martin, *le Maréchal de Villars* : ce mélodrame a obtenu le plus brillant succès. Je remarque depuis quelque temps, que toutes les idées d'honneur national, que tous les souvenirs de gloire sont accueillis avec enthousiasme dans nos théâtres. Un des personnages de la pièce dit, quelques instans avant la bataille : « Si nous ne la gagnons pas, la France est perdue. — « Perdue ! s'écria un capitaine de grenadiers ! jamais ! Elle est encore couverte de braves qui sont prêts à verser jusqu'à la dernière goutte de leur sang pour défendre le sol français. » Ces mots ont retenti dans tous les cœurs. On a crié de toute part, *bravo* et *bis* : l'acteur a répété la phrase au milieu des plus vifs transports ; on eût dit qu'il parloit devant la nation entière.

Le Salon de 1817 a eu un éclat sans exemple. L'affluence augmentoit à mesure que le jour de clôture approchoit.

« J'ai vu, par le retour du destin des batailles,
» De leur luxe étranger dépouiller nos murailles ;
» La victoire a repris ce qu'elle avoit donné ;
» Infidèles au sol, de Mars abandonnés,
» Ses présens ont suivi la gloire qui s'envole,
» Et le Louvre a rendu ses dieux au Capitole !
» . . . .
» De quel éclat nouveau sont éblouis nos yeux !
» O Mars ! reprends tes dons ! Rome, garde tes dieux !
» Et vous, peuple jaloux, de qui l'orgueil avare

» Cherche un luxe impossible à tout climat barbare,
» Et disperse sans fruit, en des Etats divers,
» Les chefs-d'œuvre exilés au fond de vos déserts;
» En vain par vous les arts ont perdu leur école,
» Et le génie humain n'a plus de métropole;
» D'un pillage souffert sortis plus opulens,
» Nous voyons tout à coup naître mille talens,
» Des talens tout français, qu'après notre détresse
» L'orgueil national adopte avec ivresse,
» Et qui, par des travaux d'autant plus éclatans,
» Egalent en un jour les honneurs de vingt ans!
» Ah! si par Syracuse autrefois dépouillée,
» Le sénat des Romains crut sa gloire souillée,
» Si sa fière vertu ne vit dans Marcellus
» Qu'un grand homme de moins pour des tableaux de plus;
» Plus heureuse que Rome, alors que la victoire
» Ravit à nos cités le luxe de la gloire,
» Ma patrie, ô Gérard! doit à tes nobles soins
» Un grand homme de plus pour des tableaux de moins (1). »

Tout Paris se souvient encore de l'effet que produisit l'exposition de l'admirable tableau représentant l'entrée de Henri IV à Paris. C'est plus de

(1) Discours au Roi par J. Lingay.

deux cents ans après la mort de ce grand et excellent prince, que M. Gérard en a fait le portrait le plus beau que nous connoissions.

En passant du premier salon dans la grande galerie, un jeune homme accrocha, avec des éperons ridiculement longs, la robe de madame de Valcé ; il lui fit des excuses avec un air et un ton de légèreté, que l'étranger le plus adroit ne parviendra jamais à saisir. Madame de Valcé lui répondit en riant: Je vois qu'il faut vous savoir gré, monsieur, de ne pas être entré ici à cheval. — Cette réponse, entendue par plusieurs personnes, fut à l'instant répétée, et, dès ce moment, l'attention se partagea entre Florestine et elle. Il n'y a pas de ville au monde où on fasse plus de cas de la beauté et de l'esprit.

Ces dames s'arrêtèrent long-temps

devant les deux tableaux de M. Guérin ; personne n'entend mieux que lui la poésie de la peinture. N'étoit-ce point créer une situation dans l'esprit de Virgile , que de faire retirer par le jeune Ascagne , ou plutôt par l'amour, du doigt de la reine de Carthage , l'anneau , symbole de ses premiers liens ? Ce qui prouve la flexibilité du talent étendu et gracieux de M. Guérin, c'est que ce talent devient terrible , lorsqu'il peint la féroce Clytemnestre , abandonnant sa main au cruel Egisthe , pour diriger le coup qu'elle va porter à son royal époux.

Florestine ne sortit point du salon sans avoir fait une petite station devant le tableau de M. Menjaud , qui représente MADAME duchesse d'Angoulême près du lit de l'abbé Edgeworth. Voici le récit de cette mort , attestée par un témoin oculaire :

« Dès que la fille de Louis XVI
» sut que l'abbé Edgeworth étoit
» tombé dangereurement malade ,
» elle déclara qu'elle vouloit aussi-
» tôt se rendre près de l'ami de sa
» famille. Les personnes qui l'entou-
» roient représentèrent à la princesse
» que cette maladie étoit très conta-
» gieuse , et n'omirent aucune des
» raisons qui auroient dû la faire re-
» noncer à une entreprise si hasar-
» deuse ; mais nul motif ne fut capable
» d'ébranler cette magnanime résolu-
» tion. Moins il a la connoissance de
» sa position et de ses besoins , dit la
» princesse , plus la présence d'une
» amie lui est nécessaire ; et dussent
» tous les autres fuir la contagion ,
» je n'abandonnerai jamais celui qui
» est plus que mon ami, l'ami noble et
» généreux de toute ma famille , qui a
» quitté la sienne et sa patrie pour

» nous....... tout pour nous ! Rien ne » m'empêchera de soigner moi-même » l'abbé Edgeworth, et je ne demande » à personne de m'accompagner. »

Florestine aimoit les beaux-arts, moins pour eux-mêmes qu'à cause de leur rapport avec le cœur et l'esprit. Un tableau historique représentant un sujet intéressant et facile à comprendre captivoit son âme entière.

Il étoit de bonne heure; on proposa d'aller au bois de Boulogne avant le dîner. C'étoit un dimanche. Les jours de fêtes, de revues, de réjouissances, Paris offre un aspect enchanteur. Un étranger y entrant pour la première fois, et arrivant par le pont de Neuilly, les Champs-Elysées et la place Louis XV, croiroit voir un tableau magique. Trois cent mille personnes sont en mouvement; des colonnes épaisses obstruent les allées des boulevards; le pavé du milieu est couvert de voitures élégantes. La joie, la santé, le bonheur semblent briller presque sur tous les visages. Les Parisiens, dans toutes les classes, ne cherchent que le plaisir; les affaires et les chagrins sont complétement oubliés, quand il est question de s'amuser; et comme les femmes ont d'ordinaire plus d'imagination, elles poussent l'amour de la dissipation plus loin encore : c'est elles surtout qui attirent les regards dans ces réunions nombreuses et publiques. Jamais elles n'ont été mieux mises qu'aujourd'hui; leurs robes, d'une étoffe légère, peuvent se renouveler souvent, à cause de la modicité du prix; et on sait que la fraîcheur fait seule paroître charmante la toilette la plus simple; le goût et la grâce y président presque toujours; les jeunes personnes paroissent toutes jolies sous leurs grands chapeaux de paille, ornés de fleurs : ces parterres animés de toutes les couleurs, présentent un coup-d'œil aussi riant qu'agréable.

Melville se trouvoit si bien chez lui, depuis que sa fille faisoit les honneurs de sa maison, qu'il n'en sortoit plus que rarement. Madame de Saint-Geran réunit ce qui peut plaire et intéresser; avec un son de voix qui embellit tout, elle a une douceur et une sérénité qui annoncent une joie innocente et franche; sa politesse est d'autant plus aimable, qu'elle n'affecte point de se montrer; et dans tout ce qu'elle dit, il y a de la grâce, de la délicatesse et de l'à-propos.

Malgré le plaisir que Florestine prenoit à la promenade, elle hâta son retour, parce que son père avoit plusieurs de ses amis à dîner. La baronne de Villefranche étoit de ce nombre;

Florestine admiroit son esprit, la *force* de ses *raisonnemens;* mais l'air décidé et les manières tranchantes de la baronne l'intimidoient. Autrefois, le plus mauvais ton étoit d'être outré en quoi que ce soit; on ne vouloit que des nuances dans les opinions, et point de couleurs. Aujourd'hui, pour ne point paroître insignifiant, il faut être exagéré; et tout ce qu'on peut demander, c'est que les disputes ne dégénèrent point en guerre civile.

CHAPITRE IX.

QU'AVEZ-VOUS, marquis? demanda Melville à M. de Blansac. Vous arrivez tard, et vous avez l'air ému et touché. — Je viens d'être témoin d'un accident affreux, répondit le marquis. Un cabriolet a dangereusement blessé le curé de ma paroisse (1). On demande des lois sur la liberté individuelle et politique, et la sûreté personnelle est exposée à chaque instant du jour. Des écervelés, ou plutôt des fous barbares, se font un jeu d'écraser, de tuer des vieillards, des femmes, des enfans.

(1) Ce respectable vieillard est dans son lit depuis un an, souffrant des douleurs cruelles par suite de ce funeste événement.

Une loi contre ces assassinats journaliers seroit-elle donc si difficile à faire? — Il ne s'agit pas de créer, il ne faudroit savoir qu'imiter, répondit la baronne. Nous trouvons chez nos voisins des réglemens admirables pour la défense du pauvre contre le riche ; pourquoi ne point les adopter ? — J'entends toujours citer l'Angleterre comme exemple, dès qu'il est question de droit et de liberté politique, répondit madame de Valcé ; je suis trop ignorante pour discuter sur des matières si graves ; mais je citerai le portrait qu'un de nos grands orateurs a fait de la liberté anglaise, et personne ne peut contester la vérité des points qu'il avance. « Savez-vous ce que c'est que la liberté chez les Anglais? dit-il. Ayez des droits seigneuriaux intolérables; la dîme, une excise qui absorbe le quart du revenu, des impôts indirects effrayans, des évêques jouissant de trois ou quatre millions de revenu, un clergé qui revendique le jugement de certaines actions licencieuses, à cause du scandale ; ayez une armée dont les soldats soient soumis à la peine du fouet ; qu'on ne puisse recruter vos vaisseaux qu'en opprimant et pressant les paisibles citoyens ; que les capitaines de la marine royale aient le droit de visiter tous les vaisseaux marchands, d'en enlever tout l'équipage, et d'abandonner ensuite le bâtiment en pleine mer, alors vous pourrez vous vanter d'être libres comme des Anglais. » — Soyez assurée, madame, répondit la baronne, qui ne jugeoit point madame de Valcé digne d'entrer en discussion avec elle, que les Anglais sont le seul peuple qui a conservé la vertu antique avec le génie moderne. L'Angleterre est la patrie de la liberté et de la pensée. Si nous sommes allégés du fardeau de quelques vieilles erreurs, c'est à elle que nous le devons. Tout tend, chez cette noble nation, au perfectionnement, et par conséquent à l'ennoblissement et au bonheur de l'espèce humaine. — Il est vrai que notre civilisation n'est pas encore au point de nous atteler aux chars de nos généraux et de nos orateurs, comme ce noble peuple, dit Saint-Val en riant; mais dans le temps qui court, tout peut arriver. — La baronne dédaigna de relever cette plaisanterie; et faisant l'éloge le plus exagéré des avantages de la constitution anglaise, elle ajouta que cette forme de gouvernement devoit être l'objet des espérances des Français et le but de leurs efforts. — Quand une femme parle sérieusement politique, il faut lui répondre sur le m me ton. Alors, au lieu de mettre cette grâce dans l'expression qui distingue les entretiens où les femmes prennent part, on ne songe plus qu'à produire de l'effet, qu'à prouver qu'on a raison; les termes ne sont point ménagés; toute espèce de galanterie est mise de côté, et un Français parle à une femme, comme si elle étoit un homme.

Il étoit facile de prouver à la baronne que toutes ces prétendues chaînes de la royauté en Angleterre sont peu embarrassantes, quand elles sont portées par des mains assez robustes pour les rendre flexibles, et que cette jurisprudence qu'elle admire contient plusieurs lois barbares contre le crime de *lèse-majesté* (1).

---

(1) Sous Edouard IV, un marchand ayant pris pour enseigne une couronne, et ayant dit: *Mon fils héritera de la couronne*, fut condamné à mort comme coupable de haute trahison. Dans ses Commentaires

De bonne foi, peut-on regarder comme libre, dit Saint-Val, un pays où l'air qu'on respire est taxé, où la disproportion des fortunes est portée à un excès qui n'a jamais eu d'exemple; pas même à Rome, enrichie des dépouilles de l'univers? Un peuple peut-il s'appeler libre, quand il n'a pour organes et pour défenseurs que des hommes qui ont commencé par le corrompre pour fixer son choix sur eux, et qui souvent ne l'ont acheté que pour le revendre plus cher? Les Français pourront se laisser gagner, ajouta Saint-Val; mais jamais ils ne se mettront à l'encan comme les Anglais. —

---

sur les lois anglaises, tome VI, édition de Bruxelles, Blackstone dit, en parlant du crime de lèse-majesté: « *Les coupables sont condamnés à mort, et le Roi aura leurs biens pendant un an et un jour, et peut y commettre tout le dégât qu'il juge à propos; ce qui s'appelle l'an et le jour, et le dégât du Roi.* »

Vous choisissez bien le moment pour vanter notre désintéressement et notre délicatesse, répondit madame de Ville-franche. Un égoïsme universel n'a-t-il pas glacé tous les cœurs, desséché toutes les âmes ? Il peut nous rester des agrémens, mais des vertus ! ..... — Je crois que jamais celles de votre sexe n'ont brillé avec plus d'éclat, madame, dit le marquis de Blansac; depuis vingt-cinq ans, les femmes se sont constamment occupées à nous inspirer des sentimens nobles et généreux. Elles cherchent à plaire par leur sensibilité, et à intéresser par leur esprit qu'elles cultivent avec un soin très-bien entendu, puisqu'en remplissant si bien leur temps, elles ont trouvé le moyen de nous le faire oublier près d'elles. — Ah ! voilà qui n'est pas poli, s'écria madame de Valcé, en s'adressant à Saint-Val; vous chuchotez des mots à l'oreille de votre voisin, quand on fait l'éloge des femmes. — J'espère que vous ne me soupçonnez pas, madame, d'être d'un autre avis que celui du marquis. — Je voudrois savoir ce que vous disiez. — Nous parlions de nouvelles de l'autre monde. — Ce qui arrive dans celui-ci m'intéresse beaucoup, dit la baronne en riant; mais j'avoue que je serois plus curieuse encore de savoir ce qui se passe dans l'autre. — Un de mes amis, dit Valbrun, a vu une lettre de Sainte-Hélène qui entre dans quelques détails sur Buonaparte. Vous avouerez qu'on peut bien appeler cela des nouvelles de l'autre monde. — Mais, vous allez nous raconter ce que vous en savez, s'écria-t-on de tous côtés. — Très-volontiers, reprit Valbrun; car je suis de l'avis de M. de Pradt. Napoléon s'est éclipsé de la scène du monde; sa mort à la vie royale et civile permet toutes les révélations ; c'est un personnage historique entré dans le domaine de la postérité. Il paroît, d'après une lettre écrite par un de ceux qui ont suivi Napoléon à Sainte-Hélène, que, dans les commencemens de son séjour dans cette île, il admettoit avec plaisir des officiers anglais dans sa société, formée des compagnons de sa captivité; mais bientôt il s'aperçut que les journaux anglais qu'il se faisoit traduire, étoient remplis d'articles contre lui, les uns pleins d'un fiel mordant, les autres d'une fade ironie; on le représentoit se livrant tantôt à un dépit puéril, tantôt à des caprices grossiers; il prit la résolution de ne plus voir personne, pas même le gouverneur sir Hutson-Low. Ce dernier lui fit cependant demander un jour une entrevue, que Buonaparte accorda sur-le-champ.

Quel fut son étonnement, lorsqu'il vit que cette visite n'avoit d'autre but que celui de l'informer que sa dépense excédoit, de douze cents guinées, les fonds alloués par le gouvernement, et l'engager à prendre des mesures pour couvrir ce déficit. Buonaparte répondit brusquement : M. le gouverneur, je ne me suis jamais mêlé de ces détails ; jamais aucune plainte de moi n'est descendue jusqu'à vous ; je commande, ou je me tais ; d'ailleurs, si vous me laissiez manquer du nécessaire, j'irois le chercher dans votre propre camp, et ces braves soldats ne repousseroient point de leur gamelle l'un des plus anciens et le premier soldat de l'Europe (1). — Quelle place assigne-t-il

(1) Dans des Mémoires manuscrits de M. de Las-Cases, on lit que ce même gouverneur donnant un bal, invita la société de Longwood; les billets d'invitation portoient les titres et qualités de chacun ; sur

donc à celui qui l'a vaincu? interrompit la baronne. — Il ne peut pas se persuader, continua Valbrun, que les empereurs Alexandre et François ayent contre lui une animosité personnelle; ils ne poursuivent en moi, dit-il, souvent que l'épée de cette révolution qui les a fait trembler sur leur trône. Quand on lui traduisit les feuilles anglaises, qui rendent compte de la mort de Murat, au mot de fusiller, il interrompit brusquement, en disant : Les Calabrois ont été plus généreux et moins inhumains que les gens de Plymouth : continuez; et il écouta les détails du supplice de son beau frère sans paroître touché.

---

celui de Napoléon, on avoit mis : *au général Buonaparte.* Quand on lui demanda si son projet étoit d'y aller, il répondit : « Mais je ne suis pas invité; depuis le 18 brumaire, je ne connois plus de général Buonaparte. »

Quoique le ton de ses discours soit habituellement sérieux, il n'est cependant pas toujours éloigné de la plaisanterie. C'est surtout avec Bertrand et Las-Cases qu'il se livre souvent à une confiante familiarité. Un jour, il demanda à Bertrand de quel parti il étoit au commencement de la révolution. Constitutionnel, Sire, puisque j'ai manqué périr aux Tuileries en défendant le trône et l'inviolabilité du monarque. — Et vous, Las-Cases, dit Napoléon ; en pinçant amicalement l'oreille de son chambellan, je ne vous le demande point ; vous étiez un bel émigré, un aristocrate par essence ; convenez qu'il est bien étrange, que de nous trois, je sois le seul qui ait été républicain.

Vous rappelez-vous, dit Melville, une réponse de Buonaparte à M. de Fontanes, au sujet d'une dispute littéraire ? Napoléon parloit d'un ouvrage qui venoit de paroître, avec ce mépris et ce dédain qu'il manifestoit presque toujours après avoir parcouru un écrit ; « Il n'y a que des bêtises dans ce livre ; » c'est un idéologue etc.etc. » C'étoit sa formule ordinaire. M. de Fontanes osa être d'un autre avis, et soutint son opinion avec le courage qui convient à un grand maître de l'Université. « Ah! » M. de Fontanes, lui dit Napoléon, » laissez-nous au moins la république » des lettres (1) !

(1) Mercier, dans son *Tableau de Paris*, imprimé en 1788, dit : « Feu M. de Choiseul est cause que l'on rencontre des Corses à Paris ; c'est lui qui a ordonné la conquête de leur patrie : cette capitale, qui étoit bien éloignée d'eux, est devenue le centre de leurs espérances. Des Corses à Paris ! Rien ne doit plus étonner. C'est une chose intéressante que leur conversation ; leur caractère national semble indélébile jusqu'ici : de tous les étrangers, les Corses sont ceux qui tranchent le plus avec toutes nos idées. » *Volume* X, *page* 300.

L'arrivée du baron de Foucault interrompit la conversation. Madame de Saint-Geran le gronda doucement de ne s'être pas souvenu qu'il avoit promis de venir dîner. Si je pouvois avoir un pareil tort, madame, répondit le baron, il seroit impardonnable ; mais un cerf relancé dans la forêt de Rambouillet, n'a été pris qu'auprès de Dreux ; et au lieu d'être de retour à Paris à cinq heures, nous ne sommes revenus qu'à neuf heures et demie. L'animal ayant beaucoup devancé, est arrivé haletant à l'entrée d'un village, non loin d'Anet et du champ d'Ivry, si célèbre par cette fameuse bataille, où le grand Henri s'écrioit : *Main basse sur l'étranger, mais sauvez les Français !* Les habitans ayant aperçu le cerf ont pensé qu'il étoit chassé par les princes, et avec la bonhomie villageoise, ils ont cru rendre un bien grand service en l'arrêtant : l'un d'eux a donc pris une corde avec un nœud coulant, l'a jeté aux cornes du cerf qui ne pouvoit plus se défendre. Quelque temps après les chiens sont arrivés, l'animal reposé a cherché à fuir; mais le paysan s'est laissé traîner plus de trois cents pas, plutôt que de lâcher prise, quoiqu'il eût les mains déchirées et brûlées par le frottement de la corde. Quand il aperçut Monsieur le duc de Berry, il cria à tue-tête : *Vous l'aurez, Monseigneur, vous l'avez bien gagné!* Leurs Altesses Royales, après s'être amusé des saillies du brave paysan, l'ont généreusement dédommagé de ses peines et de son zèle. — Avant le retour du Roi, dit Melville, une grande partie de la génération actuelle n'avoit jamais vu de Bourbons; on étoit avide de les contempler : ce désir éclata vivement à l'entrée de MONSIEUR à Paris. Au caractère de sa physionomie, à son air, à ses manières, il étoit facile de reconnoître un Français et un Bourbon. Depuis cette époque, on remarque avec plaisir les progrès sensibles que nos princes font chaque jour dans le cœur des Français. — On en est tout-à-fait convaincu, lorsqu'on a été témoin de ce qui s'est passé aujourd'hui, répondit le baron. Quand les princes vont chasser à Rambouillet, on a l'habitude de les voir repasser, sur les quatre heures, à Versailles; et, lorsqu'il fait beau, les habitans dirigent volontiers leur promenade sur la route de Saint-Cyr, afin de jouir de leur présence. Il paroît qu'un retard de trois heures avoit jeté une inquiétude soudaine dans toute la ville; car, à notre arrivée, tout le monde se mit aux fenêtres; on sortit des maisons, on se précipitoit au milieu de la rue, on vouloit voir jusque dans la voiture. Alors les cris de *vive le Roi ! vive nos Princes !* retentissent depuis la grille de l'Orangerie, jusqu'à l'autre extrémité de la rue ; et il seroit difficile de dire de quel côté la joie étoit la plus pure, ou du côté de Leurs Altesses Royales qui accueilloient ces transports, ou du côté des habitans qui revoyoient ces princes chéris (1).

Le talent de bien raconter ce qu'on a vu, ce qu'on a fait, supplée souvent à l'esprit. Sans citer ces conversations qui mettent en mouvement toutes les idées, et qu'on ne connoît guère que dans les sociétés les plus spirituelles et les mieux choisies, on peut affirmer qu'il n'y a pas de lieu dans le monde où l'esprit se montre sous des formes plus variées et plus amusantes que

---

(1) Cette anecdote est vraie dans tous ses détails.

dans les salons de Paris. Souvent l'entretien ne porte que sur des riens ; c'est en badinant, en se jouant avec les mots, qu'il échappe les traits les plus agréables et les plus piquans : mais on doit avertir que c'est un exercice aussi difficile que dangereux. *Du sublime au ridicule il n'y a qu'un pas*, répétoit souvent Buonaparte à son passage à Varsovie, en revenant de Moscou.

CHAPITRE X.

Il y avoit près d'une année qu'Alfred étoit uni à la belle Florestine, et tous les deux ne vivoient, ne respiroient encore que pour l'amour. Il est agréable sans doute de reposer la pensée sur l'image d'un bonheur si doux, si pur, au milieu de tant de dangers qui pouvoient l'altérer. Cependant, en prolongeant trop longtemps la peinture d'une telle situation, on sent qu'elle finiroit par ne plus intéresser, parce qu'elle paroîtroit invraisemblable : tout ce qui atteint le point le plus élevé doit nécessairement décliner, et nous savons, par une triste expérience, qu'une félicité constante n'existe point dans le monde.

Tout à-coup, et sans qu'on pût deviner pourquoi, l'humeur d'Alfred s'altéra sensiblement. Son empressement, ses soins, ses attentions pour Florestine étoient toujours les mêmes ; mais à la place de ces manières vives et enjouées, de cet air riant et animé, il paroissoit souvent triste et toujours rêveur. On voyoit qu'il avoit perdu une partie de son bonheur et de sa tranquillité. Lorsque Florestine, aussi inquiète qu'affligée, cherchoit à pénétrer le motif d'un changement si subit, un embarras visible se peignoit sur les traits d'Alfred ; il éludoit de répondre aux questions les plus pressantes ; puis joignant aussitôt aux plus tendres caresses les protestations les plus passionnées, il trouvoit le moyen de rassurer, du moins momentanément, sa chère Florestine, qui, malgré son goût décidé pour une vie paisible et retirée, cherchoit chaque jour un amusement nouveau, dans l'espoir de distraire cette mélancolie.

Quand on veut des plaisirs, aucun lieu n'en offre de plus multipliés et de plus variés que Paris. Nos grands théâtres sont une ressource journalière, aussi noble qu'agréable contre l'ennui et la tristesse. Si le sublime fatigue, si on se lasse du parfait, qu'on aille aux petits théâtres des Boulevards, on n'aura point ce reproche à leur faire. Depuis plusieurs années, le sceptre de la niaiserie et de l'ignorance n'est plus porté par une seule main. Le trône de la bêtise est toujours assez large pour être partagé ; celui de la perfection est si étroit, qu'on a de la peine à s'y asseoir. Brunet a trouvé un rival ;

mais on a cherché inutilement une égale à mademoiselle Mars ; elle est restée unique à la hauteur à laquelle elle s'est placée, et les vains efforts de la médiocrité n'ont pu atteindre à ce sommet si élevé.

Les matinées et les soirées musicales tiennent aussi une grande place dans les plaisirs de Paris. La mode d'une nouvelle espèce de musique, appelée des *Nocturnes*, a fait long-temps fureur : *la Cloche* (c'est le nom d'un nocturne de la célèbre madame Sophie Gail) a eu un succès prodigieux dans les cercles choisis qui apprécient le talent et donnent la vogue. Au reste, nous vivons dans le siècle des découvertes et des inventions. L'air, la terre, l'eau, tous les élémens, oui, jusqu'aux animaux, tout a été mis à contribution pour nous divertir. La renommée n'a pas assez de bouches pour raconter les prodiges des jardins Beaujon et Ruggiéri ; et les gazettes parlent sans cesse des hauts faits de toutes les bêtes savantes qui paroissent sur nos différens théâtres, elles font l'admiration de tout Paris. Bientôt, dit le spirituel M. X......, à l'occasion de ce triomphe inouï des bêtes, les gens d'esprit en seront envieux. Il y a si long-temps que les bêtes sont envieuses des gens d'esprit !.... On voit le cerf, naguère si farouche, obéir à la voix de son maître, au milieu du bruit et des feux de la mousqueterie. Non loin de là, le Chien de Montargis défend l'innocence malheureuse et persécutée; et son ami, le sensible Munito, traverse la Manche pour amuser la bonne compagnie de Londres. Après les Serins qui prédisent l'avenir, rien n'est plus admirable que la société savante des Hannetons qui s'est établie au café de la rue Froidmanteau : elle se livre à la danse, à l'escrime et à différens exercices de la gymnastique. Un journal assure qu'on admire surtout la légèreté de la jeune princesse, et la pantomine expressive et pathétique du père noble. Par malheur, dit toujours la même feuille, les succès de ces artistes volans ne sont pas de longue durée : ils n'ont pour toute nourriture que les éloges de leurs admirateurs, et leur carrière dramatique finit au bout de huit jours. Rassasiés de gloire, ils meurent d'inanition. C'est un sort qu'ils partagent avec d'illustres écrivains des temps anciens et modernes.

CHAPITRE XI.

J'AI réussi, madame, s'écria Saint-Val, en entrant un jour chez Florestine : voici des billets; mais, en vérité, ce n'est pas sans peine. Erudits et ignorans, tout le monde est à l'affût. On court, on s'agite ; il y a cent demandes pour une place à donner ; il semble que personne ne veuille laisser échapper une si belle occasion de voir deux académiciens reçus le même jour. — Cet empressement extraordinaire, répondit madame de Saint-Geran, prouve que nous sommes maintenant aussi sensibles aux plaisirs délicats de l'esprit, qu'on l'étoit autrefois. — En ce moment, messieurs de Valbrun et de Blansac entrèrent. Quel événement ! s'écria le premier, comme hors de lui-même, On frémit , on frissonne à chaque mot : les malheurs que l'imagination invente ne sont rien en comparaison de cette épouvantable vérité. — Cette exclamation excita une vive curiosité. Vous avez lu , il y a quelque temps , reprit Valbrun , dans le Journal des Débats , une relation du naufrage de *la Méduse ;* mais que cette description est foible , incomplète , en la comparant à celle que je viens d'entendre de la propre bouche de M. Savigny , un des treize infortunés qui ont survécu à cette horrible catastrophe. Qu'on se figure cent cinquante hommes placés sur un radeau (1), au milieu d'une nuit obscure et d'une

(1) De vingt mètres de long sur sept de large.

mer terrible qui menaçoit à chaque instant de les engloutir. Les cris de frayeur et de désespoir des soldats et des matelots, se mêlant au bruit des flots, ajoutoient encore à l'horreur de cette situation. Lorsque le jour parut, quel spectacle ! Un grand nombre de ces malheureux naufragés, ayant les extrémités prises dans les séparations des planches du radeau, avoient perdu la vie pour n'avoir pas pu parvenir à se dégager. La raison de plusieurs autres s'altéra ; les uns croyoient voir la terre, d'autres s'imaginoient apercevoir des navires qui venoient pour les sauver. Des cris de joie annonçoient ces visions fallacieuses. Leur esprit enfin entièrement aliéné, ils veulent détruire la frêle machine qui les sépare de la mort. On s'oppose à ce dessein insensé ; alors de terribles combats s'engagent ; la nuit même n'y mettoit pas de terme; vingt-cinq officiers résistent à plus de cent de ces furieux. Cependant la frayeur, l'inquiétude, les plus cruelles privations augmentoient chaque jour cette fièvre cérébrale. Ces malheureux égarés se jetoient à la mer, en disant : je pars pour vous chercher des secours; dans peu, vous me reverrez. Au milieu de cette démence générale, on vit de ces infortunés courir sur leurs compagnons, le sabre à la main, demander une aile de poulet et du pain. D'autres se croyoient encore sur le bord de *la Méduse*, entourés des mêmes objets qu'ils y voyoient tous les jours. Un peu plus calmes le jour, l'obscurité ramenoit le désordre dans leurs cerveaux. Après sept jours d'abandon, il ne resta plus que vingt-huit hommes sur le radeau, dont quinze tout au plus paroissoient pouvoir vivre encore quelques jours ; les autres étoient couverts de larges blessures, et avoient entièrement perdu la raison. Après une délibération où présida le plus affreux désespoir, il fut résolu que ces tristes victimes seroient sacrifiées pour ménager les misérables provisions qui restoient. Aussitôt après avoir exécuté cette cruelle résolution, on décida unanimement que toutes les armes seroient jetées dans la mer; on ne les regardoit plus qu'avec une horreur inconcevable.

Que de fois on a vu la plaisanterie se joindre chez les Français à tout ce qu'il y a de plus terrible ! il se trouva quelqu'un qui dit : Si le brick est envoyé à notre recherche, prions Dieu qu'il ait pour nous les yeux d'*Argus*, faisant allusion au nom du navire qu'on présumoit devoir venir pour les secourir (1). En effet, le brick *l'Argus* fut aperçu le 17 par le maître canonnier. Respirant à peine, tout ce qu'il put dire, fut : Nous sommes sauvés ! voilà le brick. Alors tous ces infortunés s'embrassèrent avec des transports qui tenoient de la folie; des larmes de joie sillonnoient leurs joues desséchées. Cette joie redoubla en apercevant le drapeau blanc : C'est donc à des Français que nous devons notre salut ! s'écrièrent ces pauvres

(1) Cela rappelle le moment où le petit-fils de Pierre-le-Grand, fuyant dans un yacht vers Cronstadt, sa dernière ressource, n'eut que le temps de faire couper les câbles pour n'être pas écrasé par une nuée de boulets qu'on menaçoit de tirer sur lui. Le malheureux empereur descendit presque mourant dans la chambre du yacht, et quelques unes des jeunes femmes qui l'accompagnoient dirent tout bas entre elles le proverbe comique : *Qu'allions-nous faire dans cette galère ?*

naufragés. Un officier du brick se mit sur une embarcation pour les enlever de dessus leur fatale machine. Dix d'entre eux pouvoient à peine se mouvoir; leurs membres dépourvus d'épiderme, une profonde altération peinte sur tous leurs traits, des yeux caves et presque farouches, de longues barbes leur donnoient un air hideux. On leur prodigua les soins les plus recherchés et les plus attentifs, ils trouvèrent à bord du brick de fort bon bouillon, mêlé avec d'excellent vin, qu'on avoit préparé : enfin, on prévint leurs besoins avec une tendre sollicitude; et le chirurgien M. Renaud se signala par un zèle infatigable (1).

On écouta ce récit avec un saisisse-

(1) On apprendra avec plaisir que la souscription pour les naufragés de *la Méduse* s'élève déjà en ce moment à plus de 18,000 francs.

ment inexprimable. La terreur avoit glacé toutes les langues. Le marquis de Blansac rompit le premier le silence. Il faut convenir, qu'après le procès de Rhodez, rien n'est plus propre à faire naître l'effroi et la pitié que ce dernier événement. — A propos de ce ténébreux procès, dit Melville, madame de M*** m'a raconté une chose fort remarquable, il y a quelques jours. Cette dame a passé une grande partie de l'été dans une de ses terres en Poitou. Devinez à quoi on s'est amusé dans un château voisin du sien ? A mettre l'assassinat de M. Fualdès en comédie, et à jouer cette jolie pièce en société. Depuis, j'ai appris que dans une autre province, on avoit aussi eu cette heureuse idée. Voilà les progrès de la perfectibilité morale. — En vérité, il est impossible de donner un nom à une telle dépravation de goût et de cœur, répondit Valbrun. — La sensibilité est blasée par l'habitude des violentes agitations, répliqua Melville. Mais, livrons-nous à des sensations plus douces, en allant rendre hommage au génie laborieux, à l'esprit brillant et fécond, à la philosophie sage et éclairée, enfin à tous les talens distingués qui nous restent encore, et dont nous pouvons nous enorgueillir avec juste raison.

Dans les grandes solennités de l'Académie française, le sanctuaire des Muses offre un coup-d'œil aussi curieux qu'intéressant; tous les rangs sont confondus; mais cette égalité littéraire plaît aux yeux même de ceux qui sont le plus prévenus contre l'égalité politique. On ne veut plus de république en France que celle des lettres. Les cordons, les bâtons de maréchal, ou d'autres dignités, sont à peine aperçus. La préséance n'appartient ce jour-là qu'à l'esprit; c'est lui qui reçoit tous les hommages. Les plus jolies femmes s'informent, avec une curiosité pleine d'intérêt, du nom des académiciens. Madame de Saint-Geran demanda à son mari de lui montrer l'auteur de la comédie des *Deux Gendres*, qu'elle avoit vu représenter la veille au Théâtre-Français. — Il n'est point ici, répondit Alfred; mais on espère que bientôt il n'y manquera plus. — Vous rappelez-vous, demanda tout bas Saint-Val à son ami, d'avoir lu qu'aux funérailles de Livie, on porta l'effigie de tous les grands hommes dont Rome s'étoit honorée; mais que Brutus et Cassius les effaçoient tous, par la seule raison qu'ils avoient été exclus? — La comparaison est un peu forte; mais l'application ne manque pas de justesse, répliqua Alfred en souriant.

L'heure s'avançoit; la salle étoit remplie, et, malgré cela, il arrivoit encore beaucoup de femmes qui vouloient être placées : dans ce cas, elles s'asseyent à côté des académiciens.

Lady Morgan, dont les jugemens, les opinions et les incroyables erreurs ont un moment occupé tout Paris, fait un tableau très-plaisant d'une séance académique. « Des femmes charmantes, dit-elle, se trouvoient pêle-mêle avec des savans; des perruques et des guirlandes de fleurs, des lunettes et des lorgnettes d'opéra, des fronts ridés et des lèvres souriantes avec coquetterie, sembloient étroitement liés pour la cause de la littérature, de la science et de l'Institut. »

Tout le monde connoît le mérite et le talens estimables de M. Laya, comme homme public et comme poëte dramatique, M. Roger a de même parfaitement justifié le choix de l'Académie. Son discours reçut l'accueil le plus flatteur. Il est rare de rire lorsqu'on admire; mais comment écouter sérieusement les traits les plus inattendus, les saillies les plus piquantes? Un murmure de surprise et de satisfaction se faisoit entendre à chaque instant dans toute la salle. Dans un choix de discours académiques, celui de M. Roger sera toujours un de ceux qu'on lira dans tous les temps avec plaisir. Mais, comment expliquer que celui du grand Racine ne fut pas jugé digne d'être imprimé!...

Pour un homme de lettres, son grand jour est celui de son couronnement académique; c'est un triomphe dont il aime à prolonger la durée;

aussi il y a bien peu de séances de réception à laquelle on ne reproche point d'avoir été un peu longue. Lorsqu'on écoute long-temps, même les choses les plus intéressantes, l'attention se lasse, et on se sent fatigué. Un nouveau succès à obtenir pour un récipiendaire, seroit de prononcer un discours dont on accuserait la brièveté.

CHAPITRE XII.

La cause de cette mélancolie mystérieuse d'Alfred, prenoit sa source dans un chagrin qui ne peut naître qu'au milieu des passions factices produites par l'orgueil et la vanité. Etant un jour chez M. de S ***, on parloit de la cour de Louis XIV ; on vantoit le bonheur et en même temps la gloire de ce prince, d'avoir su agrandir encore un siècle déjà si grand par lui-même. Eh bien ! s'écria un jeune étourdi, ce ne sont point les guerres brillantes, les triomphes, ces chefs-d'œuvre pressés les uns sur les autres ; enfin toutes ces gloires accumulées, qui me font regretter le siècle de

Louis XIV, mais bien les grâces et les beautés célèbres de cette brillante cour ; allez voir dans la galerie des tableaux de M. Crafurt les portraits de madame de Montespan, de la duchesse de Longueville, de la duchesse de Mazarin, et de vingt autres non moins belles ! En vérité, on ne voit plus de ces visages-là. — Je vous promets que vous en verrez un cet hiver, qui les surpassera tous, dit un étranger qui se trouvoit chez M. de S *** ; les temps passés et le temps présent n'ont rien offert de comparable à la jeune princesse Branicka ; elle est Allemande, et a épousé un Polonais immensément riche. — Quel est son genre de beauté? quand arrivera-t-elle à Paris ? quel âge a-t-elle? son mari est-il jeune? toutes ces questions furent presque faites à la fois à la personne qui venoit d'annoncer l'arrivée prochaine de cette merveilleuse beauté. — J'ai assisté à son mariage à Vienne, il y a un an, répondit l'étranger; elle pouvoit alors en avoir dix-huit; son mari a au moins trois fois son âge. Quant à sa beauté, il est aussi difficile de la dépeindre, que d'échapper à son pouvoir après l'avoir envisagée. L'expression de son regard et de son sourire porte le trouble dans l'imagination et dans les sens; ses cheveux noirs foncés et luisans font paroître sa peau plus blanche que l'albâtre; toute sa personne est un composé de grâces et de volupté; et ce qui achève de charmer tous ceux qui la voient, c'est que son esprit et ses talens sont aussi extraordinaires que sa beauté; enfin, Paris ne possède rien qui puisse lui être comparé; sous tous les rapports elle est unique.

Saint-Geran trouva quelque chose

d'impoli et de choquant dans cette louange exagérée : c'étoit comme si on avoit voulu l'offenser indirectement ; et il sentit un désir ardent d'obtenir de cet étranger une impertinence un peu marquée et adressée à lui personnellement, afin d'acquérir l'heureux droit de la lui rendre. Il regretta vivement, dans ce moment, de ne pas pouvoir soutenir hautement, et les armes à la main, ainsi que les anciens chevaliers, qu'aucune femme ne pouvoit disputer le prix de la beauté à Florestine. Comment! il seroit possible que cette étrangère fût plus belle qu'elle? se demanda-t-il tout bas. Cette idée lui donna de l'humeur; il chercha à n'y plus penser; mais l'effort qu'il fait pour l'oublier, l'y ramène malgré lui. La crainte de l'apparition, dans les cercles de Paris, d'une femme qu'on lui peignoit si supérieure à la sienne, excitoit en lui un trouble si bizarre, si puéril, mais en même-temps si pénible, qu'il ne parloit et ne répondoit plus qu'avec distraction. Souvent pour se tranquilliser, il cherchoit à se persuader que cet étranger ne se connoissoit ni en esprit, ni en beauté. D'ailleurs je me battrois avec un homme qui feroit l'éloge de celle de ma femme dans les termes dont il s'est servi, se disoit-il; et puis, quelle folie de me croire malheureux parce qu'il y aura dans le monde une femme plus belle que la mienne!

Florestine sollicita long-temps avant de pouvoir obtenir cette étrange confidence. D'abord elle ne put pas croire que son mari la faisoit sérieusement; et lorsqu'elle en eut la certitude, elle ne parla de ce caprice qu'en riant, et sur le ton de la plaisanterie — Comment ! vous appelez caprice mon amour pour vous ? répondit Alfred un peu blessé. — Qu'a-t-il de commun, cher Alfred, avec la fantaisie la plus chimérique et la plus déraisonnable ? Je consens volontiers que personne n'admire ma figure, pourvu que tout le monde admire mon bonheur. — Je suis aussi jaloux de votre beauté que de votre amour. — Mais pourquoi voulez-vous que les autres me voient avec les mêmes yeux que vous ? — Si vous vous en étonnez, vous connoissez bien peu à quel excès vous êtes aimée. — Les personnes sensibles sont toujours disposées à excuser ce qui est justifié par le sentiment ; cependant, comme Florestine avoit autant de finesse que de candeur, elle entrevit qu'il entroit plus de vanité que de véritable tendresse dans une prétention si extraordinaire. Cette découverte l'affligea ; trop de délicatesse est une source continuelle de peines pour les femmes.

CHAPITRE XIII.

Les parties de jeux venoient de finir; il ne restoit plus chez madame de Saint-Geran que M. de S***, le baron de Foucault, Saint-Val et madame de Valcé. On s'approche du feu ; on s'assied en cercle autour de la cheminée, disposé à commencer une nouvelle soirée. On cause si bien à minuit, et aux bougies !

M. de S*** entama la conversation en s'écriant : nous allons donc pouvoir juger par nos propres yeux, si la princesse Branicka est aussi belle qu'on se plaît à la dépeindre ! Elle est arrivée hier au soir à Paris. Une violente palpitation de cœur arrêta un moment la respiration d'Alfred. Il faudroit en effet que ses charmes fussent bien extraordinaires pour nous étonner, continua M. de S*** en regardant Florestine ; pour moi, mes idées sur ce genre de perfection sont arrêtées ; je vois l'image vivante de mon idéal en fait de beauté ; et à moins qu'une déesse ne descende de l'Olympe, je ne changerai pas de sentiment. — Il sera celui de beaucoup de monde, dit le baron ; mais, voyant Florestine confuse d'une louange si directe, il passa adroitement à un autre sujet, et raconta qu'étant entré un moment dans la soirée au théâtre des Variétés, il avoit été étonné de voir que *le Solliciteur* y attiroit toujours la foule, quoique cette pièce ne fût plus dans sa nouveauté. — On regarde M. de l'Espérance comme une caricature, reprit M. de S*** ; mais, sous les traits de cet intrigant subalterne, on peut fort bien reconnoître l'intrigant de haute volée; et c'est ainsi qu'on met en scène des bêtes, pour donner des leçons aux hommes. — Il faut bien recourir à la fable lorsque l'histoire ne peut pas parler, répondit Saint-Val. — C'est apparemment les ministres qui ont fait faire une critique si fine et si piquante, dit le baron, afin de se débarrasser de cette foule de solliciteurs qui assiégent leurs bureaux (1). — On ne veut pas plus s'en

(1) Une des ruses les plus ingénieuses dont on s'est servi pour pénétrer chez un ministre un jour d'audience particulière, fut d'aller d'abord à une audience publique en fiacre. On chargea le suisse de payer la course en lui remettant un louis, et sans attendre la monnaie, on dit qu'on la reprendroit en sortant. Feignant ensuite de l'oublier en causant avec un ami au moment de repasser devant la loge du suisse, on revint le jour de l'audience particulière, bien certain de n'être point arrêté par lui; ce qui ne manqua pas d'arriver.

tenir aujourd'hui au patrimoine de ses pères pour la fortune que pour les idées, répliqua M. de S***, et on n'a pour cela, ni plus d'argent, ni plus d'esprit. — Pas plus d'esprit, je vous l'accorde, interrompit Saint-Val, mais infiniment plus d'idées. Par exemple, j'ai toujours entendu citer M. de Narbonne comme un des hommes les plus spirituels de l'ancienne bonne compagnie. Comme officier d'ordonnance, j'ai eu l'occasion de le voir souvent; il est certain qu'il avoit des réparties très-heureuses, une égalité d'humeur charmante; mais tout étoit en écorce chez lui; peu de suite dans ses idées, n'approfondissant rien; tout à celui à qui il vouloit plaire; langage de courtisan. J'étois présent lorsqu'à son retour d'Allemagne, Napoléon lui demanda: Eh bien! qu'est-ce qu'on dit de moi?

Sire, les uns vous nomment un diable, les autres un dieu ; mais personne ne veut croire que vous soyez un homme, répondit M. de Narbonne. Dans une autre occasion, il s'en tira plus heureusement encore. Madame de Narbonne, la mère, faisoit profession de détester l'empereur; ce dernier crut embarrasser son aide-de-camp en lui demandant : Et votre mère, que pense-t-elle de moi ? — Sire, elle s'en tient à l'admiration. Ce sont toutes ces réparties qui ont fait dire à ses ennemis qu'il vouloit faire un recueil, non pas de ses bons mots, mais de ses bas mots. — On assure, dit madame de Valcé, que ce qui commença la faveur de M. de Narbonne fut, qu'ayant un jour à remettre un papier à Buonaparte, il le posa sur son chapeau, et le lui présenta ainsi, tel que l'usage le vouloit autrefois. Cette nouveauté frappa Napoléon, qui attachoit un grand prix à connoître parfaitement l'ancienne étiquette de la cour de France (1). Il est certain que les autres courtisans de Buonaparte étoient fort jaloux de la faveur de M. de Narbonne. Je me rappelle d'avoir entendu dire un jour à M. le comte Germain : Quand l'empereur aura bourré deux ou trois fois M. de Narbonne, il sera aussi bête que nous. — Puisqu'il est question d'anecdotes, dit Florestine avec sa jolie et douce voix, je veux aussi en conter une dont le sujet plaira à tout le monde. En 1773, un Français, passant près de la Flèche,

(1) On aura de la peine à croire que lorsque Buonaparte institua les maréchaux d'empire, on chercha inutilement à se procurer un modèle ou une description exacte d'un bâton de maréchal de France. Cela prouve combien les traditions peuvent se perdre promptement.

se rappela que le cœur du Grand Henri reposoit dans l'église des Jésuites ; il ne voulut point continuer sa route sans avoir vu ce dépôt sacré. Il s'adressa au sacristain qui fut plus d'une heure avant de pouvoir trouver la boîte qui renfermoit ces restes précieux. Il la découvre enfin dans le coin d'une chapelle, à terre, couverte de la poussière de plusieurs années. Il faut convenir que c'est un cruel contraste que le cœur de Henri IV, traînant à terre, et presque foulé aux pieds dans un siècle et chez une nation qui se pique de n'entendre jamais prononcer son nom sans émotion. Heureusement que le Français qui en fit la découverte conta son aventure à l'un des descendans de ce roi chéri, et ce prince lui dit : « J'ai six mille livres dans ma cassette ; prenez-les, et procurons une demeure convenable au cœur d'un si grand roi. » Madame de Saint-Geran n'eut pas besoin de nommer l'auteur de ces paroles ; tout le monde le reconnut. — C'est une cruelle tâche, reprit après quelques momens le baron de Foucault, que d'être obligé par état de faire le bonheur des hommes ; mais lorsqu'il faut les rendre heureux malgré eux, cette tâche devient bien plus difficile encore. Quand je vois tant de brigues, tant de passions, tant d'intérêts qui s'agitent, je tremble quelquefois que toutes les opinions diverses ne dégénèrent en guerre civile. — Ce malheur n'est point à craindre, dit Saint-Val, sous le règne d'un prince qui sait faire respecter les lois et la liberté publique. Les paroles royales au maire de Dijon, ont retenti dans tous les cœurs ; Louis déclare ne pas vouloir être roi de de deux peuples ; tout le monde finira donc par sentir la nécessité qu'il n'y ait plus en France que des Français. Si nous voulons ressaisir notre indépendance, il faut, de part et d'autre, oublier nos fautes et nos malheurs, pour ne se rappeler que notre gloire. Soyons aussi fiers des lauriers cueillis par les émigrés en combattant sous trois générations de héros, dans les lignes de Wissembourg, à Berstheim, à Barbelroth, à Haguenau, qu'ils doivent l'être de nos nombreux trophées, élevés sur les champs de bataille de Friedland et d'Austerlitz.

— On vous dira, comme l'abbé de Saint-Pierre, interrompit M. de S***: « C'est le rêve d'un homme de bien. » Mais ce qui n'est malheureusement pas un rêve pour beaucoup de gens, ce sont les Mémoires de Savary qui s'impriment dans ce moment à Londres, en cinq volumes in-8°, et qui vont paroître incessamment. Il nomme, dit-on, tous ceux qui ont été aux gages de cette ténébreuse police de Buonaparte. En déchirant tous les voiles, que de bassesses on va découvrir sous les dehors de la grandeur! C'est, sans contredit, le livre qui attaquera le plus de réputations, et qui causera le plus de scandale. En courant ce matin avec M. de ***, je lui appris cette nouvelle. Il se troubla, rougit et pâlit alternativement. On a bien raison de dire qu'il n'y a rien de plus adroit qu'une bonne conduite. — Les Mémoires politiques, militaires et anecdotiques, ne manqueront point aux futurs historiens de notre siècle, reprit Saint-Val; beaucoup de nos généraux sont occupés à rassembler des matériaux précieux pour la postérité. « Admirable armée! dont aussitôt que la trompette a cessé de sonner, les généraux écrivent, et les soldats labourent. Au premier signal ils sont encore prêts à verser leur sang pour leur roi et pour leur pays (1). » — Pour moi, ce qui m'intéresse le plus dans les mémoires, ce sont les anecdotes, dit madame de Valcé. La fille d'un roi d'Egypte ayant exigé de chacun de ses amans une pierre de taille, elle en eut assez pour bâtir une belle pyramide. Je voudrois avoir autant d'adorateurs que cette princesse; j'exigerois de chacun une anecdote pour en composer une bibliothèque entière, et je ne lirois plus d'autres livres. — Puisque les anecdotes vous amusent, Madame, reprit Saint-Val, je vais vous en conter deux, tirées des mémoires manuscrits du comte Rapp.

---

(1) Sur la loi de recrutement, par M. Carion de Nisas.

Ce brave général joint à beaucoup d'esprit une grande franchise de caractère, et beaucoup de rondeur dans les manières. Buonaparte, durant son séjour à Schœnbrunn, jouoit quelquefois le soir au vingt-un. Un jour, après avoir gagné l'argent de tout le monde, il prit une poignée d'or dans ses mains, et la faisant sonner, il dit au général Rapp : N'est-il pas vrai, Rapp, les Allemands aiment beaucoup ces *petits Napoléons ?* — Oui, sire, ils aiment mieux les petits Napoléons que le grand, répondit le véridique courtisan. Voici l'autre anecdote ; elle date du même temps : Vous vous rappelez peut-être d'avoir lu qu'un jeune écolier allemand tenta de tuer Napoléon pendant la trève qui suivit la bataille d'Austerlitz. Cet enthousiaste fut arrêté, et dans son premier interrogatoire il déclara qu'il n'avoit ni confident ni complice, et que le seul motif qui l'avoit porté à cette action, étoit le désir d'affranchir sa patrie de l'oppression sous laquelle elle gémissoit. On eut la barbarie de laisser ce malheureux trois jours sans lui donner à manger ni à boire; le quatrième on se décida enfin à le fusiller. Avant de le conduire au supplice, on lui proposa de prendre quelque nourriture : C'est inutile, répondit le courageux jeune homme; il me reste encore assez de force pour aller mourir. Arrivé au lieu de l'exécution, on lui apprit que la paix étoit signée. Alors il s'écria d'une voix forte : *Vive ma patrie!* Lorsqu'un Allemand joint à l'enthousiasme, qui est naturel à sa nation, la force du caractère, son âme peut s'élever aux sentimens patriotiques les plus sublimes et les plus dégagés de tout intérêt personnel. — On peut remarquer qu'avant la révolution, presque toutes les anecdotes étoient galantes, dit madame de Valcé, et qu'aujourd'hui elles sont en général toutes politiques. — Quand on a respiré l'atmosphère du dix neuvième siècle, on ne peut pas échapper à cette influence, Madame, répondit M. de S ***. Vous voyez des femmes charmantes, parées de guirlandes de fleurs, au milieu d'un nuage de parfums, entourées de toutes les frivolités de la mode, parler sur les matières les plus graves de la politique; et souvent, il faut en convenir, elles en parlent avec une justesse d'idées et d'expressions étonnante. — A propos de justesse dans les idées, interrompit le baron de Foucault, avez-vous remarqué à quel point M. de Comble en a manqué ce soir dans la discussion qui s'est élevée à l'occasion de ce dîner de libéraux au Rocher de Cancale? — Comble pense que bien raisonner est le plus triste des métiers, qu'il ne mène à rien, et il veut arriver à tout, répondit M. de S***. — Mais est-il vrai, demanda madame de Valcé, qu'on ait poussé la chose jusqu'à se tutoyer et s'appeler citoyen? — On assure qu'un noble duc en a donné le premier l'exemple, répondit M. de S***; on ne conçoit pas quel peut être le but d'une telle saturnale. Veut-on se lancer de nouveau sur la mer orageuse des révolutions? Mais une cruelle expérience a prouvé que ceux qui les commencent en sont les premières victimes! En vérité la manière la plus indulgente de juger la conduite et les écrits de certaines personnes, c'est de les regarder comme la suite d'un déréglement d'esprit et d'imagination. — Ils pensent apparemment que le gouvernement n'a rien à craindre de leurs attaques, et ils disent : Allons, donnons-lui la fièvre, puisqu'il est assez robuste pour la supporter. — J'en ai le frisson, dit madame de Valcé, en pensant seulement à la possibilité de nouveaux troubles ; mais il est certain qu'en général l'esprit du peuple s'est bien amélioré depuis quelque temps. Par exemple, croiriez-vous que les soldats de la légion du Pas-de-Calais, avant leur départ de Paris, ont brûlé de petits cierges devant l'image de la Vierge pour avoir de la gelée pendant leur route ? Vous riez, M. de Saint-Val ; la chose est pourtant certaine ; je l'ai vue.

Après avoir encore causé quelque temps, les bougies expirantes avertirent enfin qu'il étoit temps d'aller se coucher.

Rien de plus agréable qu'un entretien animé, où l'on peut hasarder un mot, une plaisanterie, sans craindre d'offenser l'amour-propre. En Allemagne ce sont les livres qui forment l'opinion; en France, c'est la conversation; on réfléchit ensemble sur les plus grandes questions politiques et littéraires; et, dirigées de cette manière dans leur cours, les idées deviennent générales.

CHAPITRE XIV.

CEPENDANT la nouvelle de l'arrivée de la princesse Branicka avoit bouleversé Saint-Geran. Il dormit peu durant cette nuit, agité secrètement par le désir d'être au lendemain. Ce fut précisément le jour où l'on donnoit au théâtre de l'Opéra-Comique une première représentation au profit de M. Gaveaux, acteur très-estimable, enlevé jeune encore à son art, par suite d'un accident aussi funeste que douloureux.

L'annonce d'une augmentation considérable dans le prix des loges, ne manque jamais d'attirer la foule; mais si à cette circonstance il se joint le nom d'un acteur chéri et considéré du public, on peut être sûr que la salle sera encombrée. M. Gaveaux a composé un grand nombre d'ouvrages charmans : toujours vrai, gracieux et naturel, sa musique est presque devenue populaire, ce qui lui assure des succès plus durables que s'il s'étoit livré à ces compositions savantes, qui ne sont comprises et appréciées que par un petit nombre de connoisseurs.

Rempli d'une secrète attente qu'il ne s'avoua néanmoins pas à lui-même, Alfred se rendit au théâtre Feydeau : il étoit tard ; toutes les loges étoient remplies ; une seule aux premières en face restoit vide. Les yeux d'Alfred se tournèrent continuellement de ce côté.

L'impatience du parterre de voir lever le rideau, se manifesta par ce bruit accoutumé que le bon goût devroit faire interdire. Quand le public croit avoir à se plaindre d'une attente trop prolongée, il peut se servir de la voix pour annoncer son mécontentement ; les cris les plus perçans seroient à mon avis moins insupportables que ces battemens mesurés des pieds et des cannes. Tout à coup cet ignoble bruit cessa et fit place à des applaudissemens prolongés. Ils s'adressoient à une jeune dame aussi brillante par ses grâces et sa beauté, que par sa parure. Saint-Geran ne douta point que ce ne fût madame Branicka, et il l'examina avec une curieuse avidité. Elle lui parut en effet remarquablement belle ; mais comme soulagé d'un poids insupportable, il se dit : elle n'effacera jamais Florestine. Alfred étoit encore occupé à comparer les différens charmes de chacune, et l'avantage demeuroit toujours à sa femme, lorsque Saint-Val entra dans la loge en disant : Eh bien! que dites-vous de madame de Saint-Hermine? elle a fait une sensation prodigieuse; le parterre l'a applaudie avec transport ; ce triomphe doit tourner la tête de cette jolie provinciale. — Comment ! quoi ! de qui voulez-vous parler? — Mais de cette belle personne sur laquelle tous les regards sont attachés. Et Saint-Val désigne alors la femme qu'Alfred croyoit être madame de Branicka. Voilà donc Saint-Geran retombé dans les mêmes tourmens et dans les mêmes incertitudes qu'auparavant.

A qui est fortement préoccupé, le plus charmant spectacle paroît long et ennuyeux. Pour la première fois Alfred vit jouer Melle Mars sans admirer son talent et son éternelle jeunesse, qu'elle semble communiquer aux pièces les plus anciennes; il écouta avec distraction les variations de Rhode, exécutées par madame Catalani; et la jolie pièce, *la Fête du Village voisin*, ne fixa pas davantage son attention.

Dès ce jour, persuadé que le moyen le plus certain de recouvrer sa tranquillité, est de voir celle qui par sa réputation de beauté le rendoit si jaloux et si malheureux, il en cherche l'occasion avec une ardeur d'autant plus grande qu'aucun dessein coupable ne lui en faisoit sentir le danger.

Cependant Alfred avoit entièrement cessé d'être d'accord avec lui-même; cent fois par jour il se disoit: Je suis sûr qu'à côté de Florestine la princesse peut à peine paroître jolie; et toutefois son imagination la lui montroit sous les traits les plus ravissans, et dès qu'il étoit endormi elle lui apparoissoit avec les formes élégantes et légères d'une divinité de la fable.

A cette époque une fête brillante, donnée par un ambassadeur étranger, imprima un grand mouvement à la vanité et à la coquetterie des jolies femmes de Paris. Dans ces cas, trois jours avant, et trois jours après, il n'est question que des divers costumes imaginés par celles qui se distinguent le plus par leur figure ou par leur goût.

Le matin du jour désigné pour le bal, Saint-Geran passa chez Dubief, son bijoutier, pour faire quelques emplettes. Il vit une parure magnifique en rubis et en diamans; le marchand lui dit qu'elle appartenoit à la princesse Branicka, qui devoit paroître vêtue en Américaine le soir à la fête de l'ambassadeur.

Alfred avoit confié à Saint-Val le singulier secret de son cœur; il n'eut rien de plus pressé que de courir chez son ami, et avec des transports de joie incroyables, il lui dit qu'il alloit enfin voir celle dont l'image inconnue l'obsédoit malgré lui. — Si vous voulez m'en croire, lui répondit Saint-Val, loin de chercher à la voir, vous en fuirez l'occasion : le plus sûr moyen d'éviter un péril, c'est de ne point s'y exposer. — Comment, vous croyez qu'il y a du danger d'aller au bal? demanda Alfred d'un air surpris. — Non, le danger n'est point d'aller au bal, mais il est dans votre cœur; je vous le dis parce que rien n'est plus dangereux que d'être entraîné, et de l'ignorer. — Mon ami, vous me connoissez bien mal, si vous croyez que je puisse jamais être amoureux d'une autre femme que de la mienne; je suis sûr de l'adorer uniquement jusqu'à mon dernier soupir. — Une pareille constance ne s'est encore guère vue jusqu'ici, reprit Saint-Val en souriant, mais il est peut-être facile au mari de madame de Saint-Geran d'en donner l'exemple.

Cet entretien fut interrompu par l'arrivée de Valbrun; comme il fit plusieurs exclamations en entrant, on le questionna vivement. — Quoi ! qu'avez-vous ? que vous est-il donc arrivé? — Oh ! la singulière aventure, s'écria-t-il; écoutez-la; quoique vraie, elle est presqu'incroyable : Hier au soir, après avoir admiré le ciel des Machabées, je voulus aller frémir à la vue de l'enfer des Danaïdes. Je ne trouvai de place que dans une loge des troisièmes de côté. Deux femmes occupoient le devant de la loge. A l'attention extraordinaire avec laquelle elles regardoient et écoutoient, aux exclamations de surprise et d'admiration qui leur échappoient à chaque instant, je jugeai qu'elles arrivoient de la province. Pendant l'entr'acte la plus âgée m'adressa plusieurs questions qui me confirmèrent dans ma conjecture. Comme la plus jeune ne me paroissoit non-seulement jolie sous son grand chapeau de satin rose garni de blondes, mais qu'elle avoit encore outre cela un son de voix qui m'inspiroit de l'intérêt, je cherchai à prolonger la conversation, et faisant des questions à mon tour, j'appris bientôt que madame Bline, veuve d'un riche négociant de Châlons-sur-Marne, étoit arrivée la veille à Paris où elle avoit à terminer des affaires de la plus haute importance pour sa fortune, et que, cédant aux désirs de sa fille, *elle l'avoit menée voir le Grand Opéra*. J'admirois la promptitude avec laquelle mademoiselle Bline s'étoit mise au fait des modes de Paris, car sa toilette me sembloit aussi élégante que recherchée. Ces dames parurent enchantées de ma complaisance à leur nommer les noms de tous les acteurs et de toutes les actrices, et à leur donner tous ces petits renseignemens qui intéressent des personnes étrangères à tout. Mais ce qui les charma le plus, fut l'offre à la fin du spectacle de les conduire jusqu'à leur voiture. Cette voiture n'étoit qu'un fiacre, et comme il est interdit à cette espèce de voiture d'approcher avant la fin de la sortie, je voulus conduire mes provinciales par la petite rue de Louvois, pour aller à pied jusqu'à la place où sont les fiacres, ne me souciant pas d'ailleurs de me mettre en évidence en donnant le bras à deux femmes que je ne connoissois point, à une sortie brillante de l'Opéra. Mais au moment de traverser la rue, nous fûmes arrêtés par une querelle de deux cochers ivres; cette querelle avoit dégénéré en combat; une foule de curieux s'étoit amassée en un instant; des gendarmes à cheval voulurent percer ces groupes, et au lieu de faire cesser le désordre, ils ne firent que l'augmenter. Au milieu de cette cohue je perdis le bras d'une de mes compagnes. Je me jetai heureusement avec l'autre dans une boutique. C'étoit la plus jeune. J'étois réellement effrayé du danger qu'elle venoit de courir; mais dès que je la vis en sûreté je m'inquiétois de sa mère. Je parcourus inutilement et à plusieurs reprises les deux côtés de la rue, je ne pus retrouver l'objet de mes recherches. Le calme cependant étoit rétabli;

personne n'avoit été blessé ; rien de fâcheux ne pouvoit donc être arrivé à madame Bline ; voilà ce que je m'efforçois à faire si bien comprendre à sa fille, que je parvins peu à peu à calmer entièrement ses mortelles inquiétudes.

Le désordre de la frayeur et de la douleur avoit tellement embelli ma jeune étrangère, que je commençois à être enchanté de mon aventure. Je la fis monter dans une voiture pour la ramener chez elle ; mais alors nouvel embarras : arrivée de la veille, ne quittant jamais sa mère, nullement familiarisée avec les noms des rues de Paris, elle ne sut pas indiquer celle où elle demeuroit, elle ne put pas même se rappeler le nom de l'hôtel garni qu'elle habitoit. Après des efforts infructueux de mémoire, je dis au cocher de fermer la portière, afin de délibérer ensemble sur le parti qu'elle vouloit prendre. A l'heure qu'il étoit, elle n'avoit pas à choisir entre plusieurs ; il falloit se décider à passer la nuit dans la rue, ou accepter l'offre de venir chez moi. Après quantité d'objections, dont je vous épargne les détails, elle finit néanmoins par me donner la préférence.

En descendant de voiture, ma belle inconnue s'appuya sur mon bras en tremblant. Arrivée dans ma chambre, sa confusion fut si modeste, son embarras si naturel, qu'ils donnèrent un nouveau charme à sa figure si jolie et si piquante. Elle commença par exprimer timidement ses craintes sur sa position ; elle versa même quelques pleurs. Bien décidé de respecter sa jeunesse, son innocence, surtout les droits sacrés de l'hospitalité, je la rassurai si bien à cet égard, qu'un air de confiance succéda insensiblement à ses alarmes. Je ne me rappelle plus à quelle occasion je lui demandois son âge ; elle me répondit qu'elle avoit dix-sept ans, trois mois et sept jours. J'avoue que je lui eusse donné de vingt-un à vingt-deux ans ; mais il ne pouvoit pas me rester le plus léger doute ; car il est impossible de se défier d'un calcul si scrupuleux. Ayant ensuite désiré savoir son nom de baptême, cette question parut l'embarrasser. Après un peu d'hésitation, et comme si elle cherchoit un nom qui ne se présente pas d'abord à la mémoire, elle me dit : Je me nomme Euphrosine. Nous causions assis près de la cheminée ; je tenois une de ses mains que je baisois de temps en temps ; mon émotion augmentoit à chaque instant ; je sentis que le seul moyen de rester fidèle à une résolution qui commençoit à me coûter bien cher, étoit de rompre promptement un tête-à-tête si dangereux. J'ordonnai à mon valet de chambre de dresser un petit lit dans un cabinet à côté de mon salon, et j'établis la charmante Euphrosine dans ma chambre à coucher.

Vous m'avez quelquefois entendu parler comme un philosophe, continua Valbrun en riant; mais très-souvent cette sagesse de paroles se dément dans mes actions, et je me conduis alors comme un vrai étourdi, ou plutôt comme un fou. Croiriez-vous que ma tête s'étoit tellement montée, qu'il me fut impossible de trouver un instant de repos. Durant la nuit entière, je me rappelois avec charme la figure et le son de voix d'Euphrosine; enfin, je m'abandonnois à toutes les idées romanesques que m'inspiroit si naturellement cette aventure extraordinaire. Aussitôt que j'aperçus les premiers rayons du jour, je me levai, et fus m'établir dans mon salon, les yeux fixés sur la porte de ma chambre à coucher. Le moindre bruit que je croyois entendre dans cette chambre me faisoit tressaillir. Je brûlois du désir de voir la belle Euphrosine au grand jour : à mesure que les heures avançoient, mon agitation devenoit plus forte : étonné et impatienté de son long sommeil, je hasardai à la fin de frapper doucement à la porte : point de réponse. Poussé par un mouvement irrésistible, je tourne la clef de la serrure : la porte s'ouvre ; la chambre est vide, et le lit n'est point défait. Je reste pétrifié. Tout à coup, je me rappelle un cabinet qui conduit à la cour par un escalier dérobé, et j'en trouve la porte entr'ouverte. Je vous avoue que dans ce premier moment, mon dépit ressembloit au plus violent chagrin; et ce qui ne fut pas propre à le diminuer, c'est que je m'aperçus, en rentrant dans ma chambre, que ma montre et plusieurs bijoux qui étoient sur ma cheminée, avoient disparu. Ma confusion fut inexprimable, et j'étois tellement piqué d'avoir été la dupe de ces créatures, que j'eus de la peine à surmonter mon ressentiment. Je sortis de chez moi pour fuir la vue de ma chambre et de tout ce qui pouvoit me rappeler cette désagréable aventure; mais tout en cherchant à n'y plus penser, elle m'occupoit uniquement. Je venois de tourner la rue Rameau pour entrer dans la rue de Richelieu, quand je vis une femme sortir de la boutique d'un parfumeur, traverser la rue, et aller frapper à la porte d'un grand hôtel en face. Après l'avoir regardée quelques instans, je reconnus parfaitement la figure séduisante de la friponne Euphrosine, malgré la métamorphose complète de sa toilette : une robe en mérinos amaranthe, bordée d'un petit velours noir, avoit remplacé la robe de satin rose, garnie en chincilla ; et au lieu d'un chapeau en marabous, elle avoit sur la tête un joli madras. Représentez-vous ma surprise ; je croyois rêver : je m'arrêtai, et la regardai d'un air stupide, pouvant à peine en croire le témoignage de mes yeux. Je me décidai enfin à demander au portier de l'hôtel le nom et l'état de cette dangereuse créature. Mais, Monsieur, c'est Louise, la petite femme de chambre de madame la comtesse de Neuville, me répondit cet homme. J'avoue que mon étonnement redoubla. Comment cette fille peut-elle concilier les fonctions pénibles, mais honnêtes, de la servitude, avec l'exercice de son talent pour le genre d'intrigue auquel elle se livre? — C'est précisément parce que l'apparence d'une existence honnête l'expose moins aux regards de la police, qu'elle s'est mise en service, répondit Saint-Val; c'est un calcul assez bien entendu. Il y a une grande quantité de jolies femmes de chambre à Paris, occupées de bien autre chose qu'à servir leur maîtresse; elles cherchent ordinairement à se placer dans des maisons où on leur donne de modiques gages, mais où on leur laisse en revanche beaucoup de liberté. — Voilà la suite de cet amour effréné du luxe qui s'est introduit dans toutes les classes de la société, reprit Valbrun; on voit des femmes qui font des dépenses si extravagantes, on peut même dire si outrageantes pour la décence, qu'on regrette qu'il n'existe point de loi pour réprimer un tel scandale : c'est peut-être le mal le plus difficile à extirper, car il a gagné toutes les conditions, comme l'observe très-judicieusement M. X. ...., dans ses *Nouvelles littéraires et théâtrales.* En parlant d'un jeune artiste qui a dessiné plusieurs petits tableaux représentant les divers états de la classe mitoyenne, il dit : « Enlevez à chacune l'attribut de sa condition, vous les prendrez pour de grandes dames. La modiste est aussi élégante que la merveilleuse à qui elle va porter son chapeau. La blanchisseuse a de la percale aussi fine et un madras aussi artistement drapé, que pourroit l'avoir la première danseuse de l'Opéra : enfin, il n'est pas jusqu'à l'écaillère qui ne soit vêtue avec la recherche d'une petite maîtresse. Le corail brille à ses oreilles ; un joli cachemire flotte sur ses épaules ; une chaîne d'or soutient le couteau qui lui sert à ouvrir ses huîtres ; une petite robe de mérinos laisse apercevoir un jupon orné d'une broderie élégante et légère ; enfin, une galoche à la chinoise dessine son joli pied qui étoit autrefois enseveli dans d'énormes sabots. » Ainsi, le luxe se glisse partout. Ce seroit une idée non moins heureuse, que de représenter dans de petits tableaux l'ameublement des diverses maisons de Paris : on y verroit le bronze et l'acajou briller sous la lucarne comme au premier étage ; la commode à colonnes a succédé à l'antique armoire de chêne ; mais jadis l'armoire étoit pleine, et maintenant la commode est vide. — Cependant, vous conviendrez, dit Saint-

Val, que le dessinateur n'a pas représenté dans son petit tableau la véritable écaillère, assise au coin de la rue. Il a pris pour modèle mademoiselle Pauline ou mademoiselle Aldegonde, lorsqu'elles jouent un rôle de poissarde au théâtre des Variétés ; et voilà ce qu'on appelle la poésie de l'histoire. Mais, à propos d'histoire, on assure que celle du duc de Biron, plus connu sous le nom du duc de Lauzun, qu'il porta aussi longtemps que vécut son père, s'imprime dans ce moment. J'ai lu le manuscrit de ses Mémoires il y a vingt ans. Si on n'en a rien retranché, ce sera l'ouvrage le plus curieux, mais en même-temps le plus scandaleux qui ait paru depuis la révolution. Le dernier gouvernement en arrêta l'impression par un coup d'autorité qui ne fut blâmé par personne. Espérons, reprit Valbrun, que le gouvernement royal trouvera un moyen d'empêcher la publication d'un livre qui déshonore plusieurs familles respectables, et qui ne peut être d'aucune utilité pour l'histoire du temps; car toutes les révélations du duc de Lauzun ne sont que galantes, et nullement politiques. Il existe à Paris un recueil des rapports faits à Louis XV, par le lieutenant de police, de toutes les aventures secrètes et scandaleuses arrivées sous le règne de ce prince. Heureusement que ce manuscrit est entre lès mains d'une homme qui préfère l'honneur et le repos des familles à l'argent. — Après avoir causé encore quelques momens, les trois amis, en se séparant, se promirent de se retrouver le soir, au bal, chez l'ambassadeur.

CHAPITRE XV.

Que d'or échangé contre de brillantes bagatelles !

Cloris n'est que parée, et Cloris se croit belle ;
En vêtemens légers l'or s'est changé pour elle ;
Son front luit étoilé de mille diamans ;
Et mille autres encore, effrontés ornemens,
Serpentent sur son sein, pendent à ses oreilles ;
Les arts pour l'embellir ont uni leurs merveilles ;
Vingt familles enfin couleroient d'heureux jours,
Riches des seuls trésors perdus pour ses atours.

Les gens sages ont, de tout temps, déclamé contre le luxe des diamans, ce qui n'empêche point les femmes de les aimer de préférence à tout. Cependant il est certain qu'ils n'ajoutent rien à la beauté, et que leur éclat fait paroître la laideur plus désagréable.

Florestine n'avoit voulu se parer qu'avec des fleurs ; elle avoit raison : les seuls présens de la nature doivent embellir les dons qu'elle a faits. Des diamans lui auroient donné l'air plus âgée, sans la faire paroître plus jolie.

Que vois-je ? Quelle est cette jeune personne qui porte sur l'épaule gauche, avec une grâce si parfaite, ce léger carquois ? Son visage ressemble à celui de l'Amour ; mais, à son costume, on reconnoît Diane...... Est-il naturel de blâmer si sévèrement, lorsqu'on est forcé d'admirer ? Impitoyables censeurs ! comment n'avez-vous pas été désarmés par cette physionomie si pleine de douceur, ce regard si touchant, ce sourire si céleste (1) ?

---

(1) Miss Rodnay.

Après cette divinité de la fable, une héroïne de l'histoire attiroit tous les regards : c'étoit madame de la Vallière, plus belle sûrement qu'elle ne l'a jamais été (1).

Mais, quelles mains industrieuses ont tissu l'étoffe de cette robe où brillent l'or et les pierres précieuses? Qui a attaché, avec tant de grâce, ce diadème qui orne si bien un front de dix-neuf ans? En se montrant sous la figure la plus aimable, cette reine de Sicile étoit bien sûre de devenir l'objet de l'adoration des Français (2).

Cependant l'heure avançoit, et madame Branicka ne paroissoit point. Pourquoi tarde-t-elle donc tant à arriver? se demande Alfred tout bas. Plein d'une impatiente curiosité, il

---

(1) Madame de Barante.

(2) S. A. R. Madame la duchesse de Berry.

s'adressa à un jeune Polonais de sa connoissance, pour lui demander s'il en sait la raison. Mais madame Branicka est incommodée, lui répondit le Polonais; le prince qui est ici depuis une heure, vient de m'apprendre l'indisposition subite de sa femme. — Comment ! elle est malade, et son mari assiste tranquillement à cette fête! répliqua Alfred d'un air surpris, et pouvant à peine déguiser son humeur. — Puisqu'il s'est décidé à la quitter, sa maladie est apparemment très-légère, car il en est toujours éperdument amoureux, lui répondit-on.

Dès ce moment, un secret ennui s'empara de Saint-Geran ; la foule étoit insupportable, la chaleur étouffante ; les femmes ne lui paroissoient point jolies ; car aucune n'avoit un seul des traits que son imagination enflammée prêtoit à l'image fantastique qu'il s'étoit formée.

Deux jours après ce bal, Melville eût, vers le soir, une légère attaque de goutte. Florestine avoit accepté de passer la soirée chez madame de Lucy, où il devoit y avoir un violon; mais voyant son père souffrant, elle déclara qu'elle resteroit auprès de lui. Et moi je ne vous quitterai point, dit Alfred. — Non, mon ami, cela ne se peut pas, répondit Florestine; il y aura très-peu de monde chez madame de Lucy; c'est pour m'avoir entendu dire que je préfère les petites réunions aux grandes, qu'elle a arrangé cette soirée. Il seroit impoli, à l'heure qu'il est, de me faire excuser par un autre que par vous. — Alfred résistoit encore, lorsque sa femme ajouta en riant: Je sais que cette belle étrangère doit venir chez madame de

Lucy ; voilà une raison de plus pour vous d'y aller. J'ai entendu dire des choses si merveilleuses de sa beauté, que je commence à craindre la comparaison ; et j'avoue que je suis curieuse de savoir comment vous la trouverez. Il entre, à coup sûr, plus d'amour propre que d'inquiétude dans cette curiosité, répondit Alfred ; c'est un hommage qui vous manquoit.

Une femme très-jeune et très-jolie ne peut pas s'imaginer que l'homme qu'elle aime puisse en préférer une autre ; elle a à cet égard une confiance aveugle dans ses charmes ; et lorsque des preuves plus claires que le jour la forcent enfin d'ouvrir les yeux, le cœur et l'amour-propre combattent encore la conviction de son esprit ; car il y a quelque chose de si humiliant dans le malheur de n'être plus aimée, qu'il nous ravit pour ainsi dire une portion de notre propre estime.

CHAPITRE XVI.

Le premier objet qui frappa les regards de Saint-Geran en entrant chez madame de Lucy, fut la princesse Branicka. Pour la connoître, on n'eut pas besoin de la lui nommer; mais il la trouva mille fois plus belle que son imagination ne l'avoit deviné. Cependant sa beauté étoit si différente de celle de Florestine, que l'admirer à ce point devoit déjà être regardé comme une espèce d'infidélité. Mais un tel scrupule ne pouvoit pas inquiéter Alfred dans un moment où comme enivré, ébloui, transporté hors de lui-même, il lui sembloit dans son délire, que la princesse lui avoit fait signe d'approcher d'elle.

Sans répondre, même sans entendre madame de Lucy qui lui demandoit, pour la seconde fois, des nouvelles de madame de Saint-Geran, il s'avança vers madame Branicka, et bannissant toute timidité, il la pria de danser avec lui. Pendant tout le temps que dura la contredanse, il éclatoit une joie vive et brillante sur le front d'Alfred : animé par le désir de plaire, il eut pour la princesse tous les soins de la galanterie la plus empressée ; elle les reçut sans surprise, et de cet air tranquille qui dit : Ces hommages me sont dus, j'y suis accoutumée.

Madame de Branicka s'étoit mariée d'après le choix de ses parens, mais contre celui de son cœur : forcée de subir un si triste sort, elle chercha des compensations dans la dissipation et la coquetterie, et elle usa amplement du pouvoir que lui donnoit sa rare beauté de multiplier ses conquêtes. Partout où elle paroissoit, elle étoit toujours entourée d'une cour brillante; elle n'avoit l'air de rejeter les hommages de ses nombreux adorateurs, que pour les tenir en suspens, flatter leurs espérances et triompher de leurs tourmens. Se montrant tour à tour enfant et raisonnable, coquette et sensible, folâtre et mélancolique, capricieuse et opiniâtre; sa phisionomie exprime, avec une facilité étonnante, ces différens genres d'expressions; mais, malgré sa légèreté et son inégalité, elle ne manque cependant ni de franchise ni de bonté.

Convenez, mon cher commandeur, dit Alfred à M. de Villeneuve, à la fin du bal, qu'il y a beaucoup de jolies femmes ici ce soir. — Un coup-d'œil vous suffit apparemment pour en juger, répondit le commandeur en souriant, car il me semble que vous n'en avez regardé qu'une seule.

Il n'y a pas d'êtres plus dangereux dans la société, que ces gens qui entendent, voient et observent tout. Ils pénètrent souvent les secrets qu'on croit les mieux cachés. Les ruptures, les raccommodemens, les tracasseries de tous les genres, rien ne leur échappe : ce sont de véritables fléaux dont on ne peut pas trop se garder.

Pendant toute cette soirée, aucun ordre ne régna dans les pensées d'Alfred. Beauté funeste ! les tempêtes de l'élément qui t'a donné la naissance sont moins violentes que celles que tu élèves dans les cœurs trop foibles pour résister à ton fatal pouvoir ! Aussi adroite que pleine de charmes, la princesse n'oublia rien pour captiver Saint-Geran ; et mettant en œuvre, pour lui tourner la tête, tout ce que la coquetterie la plus raffinée peut imaginer de plus séduisant, elle n'en vint que trop facilement à bout. Il voulut en vain commander à ses yeux de retenir le feu de leurs regards ; ils trahirent, malgré lui, les secrètes sensations de son âme. Le cœur palpitant, la respiration inégale, il sentoit une chaleur brûlante parcourir ses veines. Toute cette agitation le suivit chez lui, et lorsqu'il fallut répondre aux questions de Florestine, il s'arrêta tout court.... Pour la première fois il est dans la triste nécessité de dissimuler, de tromper, de mentir ; supplice affreux pour une âme délicate et élevée !

Alfred, incapable d'une trahison de dessein formé, s'étoit perdu avant de se croire égaré. Quand ses yeux se dessillèrent, il se sentit accablé d'un remords si pressant, qu'il eut le courage de former la vertueuse résolution de fuir madame Branicka ; mais la maladie de Melville n'étant que douloureuse, sans offrir aucune apparence de danger, madame de Saint-Geran exigea de son mari qu'il sortît, pour voir ses amis, et se distraire ; tandis qu'elle ne voulut pas un instant s'écarter du fauteuil de son père.

CHAPITRE XVII.

Ne pouvant pas profiter de sa loge à l'Opéra, le jour de la représentation de mademoiselle Mars, Florestine l'envoya à madame de Lucy, qui offrit une place à la princesse, avec laquelle elle s'étoit intimement liée. Une femme à Paris a besoin d'une amie pour aller dans le monde, au spectacle, surtout pour lui confier tous les petits secrets du moment. Il est si doux d'être écouté lorsqu'on parle de soi, de détailler les divers sentimens qu'on éprouve, et de se vanter de ses conquêtes !

Quand cette amie se trouve par hasard être du meilleur air, riche, élégante, à la mode, on lui prodigue tous les témoignages de la plus vive tendresse; mais ces liaisons sont quelquefois rompues aussi vite qu'elles ont été formées. Combien de fois on a vu deux femmes inséparables tout un hiver, et l'année d'ensuite n'avoir pas l'air de se connoître ! La moindre jalousie, et la plupart du temps, des motifs plus légers encore, causent ces ruptures, et toutes ces amies se déchirent alors mutuellement et disent un mal affreux de leur caractère; elles parlent sans ménagement de leurs défauts, et divulguent souvent les petits secrets confiés pendant leur intimité.

On n'a point oublié la brillante, mais malencontreuse soirée, où les nombreux admirateurs du talent et des grâces de mademoiselle Mars se sont empressés de lui porter les riches offrandes de leur reconnoissance et de leur admiration ; l'inadvertance de laisser subsister sur les affiches l'annonce du prix des places dans les corridors, tel que c'est l'usage pour les opéras qu'on est souvent plus empressé de voir que d'entendre, avoit soulevé une espèce de clameur générale contre cette charmante actrice. Mademoiselle Mars a noblement répondu aux attaques de ceux qui l'ont accusée d'une ignoble cupidité, en envoyant mille francs à la commission chargée de recevoir les dons pour le monument que la reconnoissance nationale élève à Molière. Un journal rapporte qu'en déposant cette somme, mademoiselle Mars avoit ajouté : « Je dois payer la dette d'Agnès, d'Elmire et de Célimène. » C'est assurément aussi délicatement dit que pensé.

Ce n'est point une aveugle fatalité qui nous conduit à notre perte, mais bien notre foiblesse naturelle et volontaire. Au lieu de résister à la tentation d'aller à l'Opéra, Alfred s'imagina qu'il seroit plus beau, plus héroïque de s'exposer au péril, et d'en triompher. Il revit la princesse, et ne manqua point de lui trouver mille charmes nouveaux. Elle l'invita à venir chez elle; il le promit, et dès cet instant, n'écoutant plus que la passion, il but à longs traits la coupe enchantée de la séduction. Pour trouver des excuses à sa conduite, il les chercha dans les mœurs du siècle. On sait que, d'après le code moral du monde, un amour véhément peut couvrir une multitude de fautes; que tout est pardonnable lorsqu'on est entraîné par une impulsion irrésistible; qu'on ne gouverne point son cœur, mais qu'on en est gouverné : c'est avec toutes ces maximes commodes que Saint-Geran s'efforçoit d'apaiser les remords de sa conscience agitée.

Une illusion où tombent tous ceux qui veulent céder à leur passion, est de penser qu'ils pourront la régler et lui donner des bornes, en la soumettant à de certaines règles de prudence ; comme si un amour désordonné auquel on s'est une fois livré, laissoit assez de raison pour suivre tranquillement un plan de conduite quelconque ! Alfred avoit inspiré à madame Branicka le mouvement de coquetterie le plus vif qu'elle eût jamais éprouvé ; le sacrifice d'une rivale si jeune et si belle lui paroissoit un triomphe tellement flatteur, qu'elle brûloit d'envie de l'étaler devant le monde. Aussi, malgré toutes les promesses que Saint-Geran s'étoit faites de dérober avec le plus grand soin son intrigue à tous les yeux, les moins clairvoyans purent bientôt s'apercevoir qu'il étoit éperdument amoureux de la princesse Branicka.

C'est un grand malheur d'être femme! tous les sacrifices sont presque toujours de leur côté. Les hommes n'ont pas la moindre indulgence pour les fautes qu'elles peuvent commettre, et elles ne doivent pas seulement avoir l'air de remarquer les torts qu'on peut avoir à leur égard. Prouver, reprocher à un homme qu'il est coupable, c'est risquer de l'éloigner à jamais; car il ne se contente pas du pardon et de l'oubli, il exige de la crédulité.

Négligée, délaissée, Florestine se flatta d'abord que les distractions excessives auxquelles son mari se livroit, étoient la seule cause du changement qui l'affligeoit. Lorsqu'elle pénétra enfin toute l'étendue de son malheur, elle n'affecta point de voir avec indifférence les continuelles absences d'Alfred, mais elle ne montra pas trop de sensibilité; elle ne se plaignit point; on lui trouva toujours la même égalité, la même douceur, et sans la pâleur étrangère qui couvroit son visage, sans ses regards rêveurs souvent fixés en terre, rien n'auroit décelé ses peines secrètes.

Incapable de supporter la vue d'une douleur qu'il se reprochoit, désespéré de l'outrage que son cœur faisoit malgré lui à tant de vertus et à tant de charmes, Saint-Geran évitoit, avec autant de soin, les occasions de se trouver avec sa femme qu'il les recherchoit autrefois; et, par une singularité dont il offre sans doute le seul exemple, jamais Florestine ne lui fut peut-être plus chère que dans le moment où il s'en éloignoit le plus. Ne point fuir la présence de celle qu'on trompe et qu'on offense, est la preuve la plus certaine qu'on la trompera et qu'on l'offensera long-temps.

CHAPITRE XVIII.

Siècles brillans de l'antique chevalerie ! si j'avois eu à peindre les nobles combats du devoir et des passions, les principes sévères de la loyauté, la sainte observation de la foi des sermens, c'est dans vos illustres annales que j'en eusse cherché les modèles. En remontant à ces temps heureux, on peut, sans s'écarter de la vérité, donner aux femmes beaucoup de délicatesse, une modestie extrême jointe à une haute idée de leur dignité ; aux hommes des sentimens passionnés, et presque toujours une fidélité inviolable. Mais il a fallu tracer des tableaux modernes, montrer, d'un côté, tout ce que le luxe, les lettres, les lumières et les beaux-arts ont ajouté à nos plaisirs, à notre bonheur; de l'autre, tout ce qu'ils nous ont fait perdre en simplicité, en innocence et en pureté. Bien des gens, consolés de ce malheur, et trouvant que ce temps profane est tout fait pour leurs mœurs, s'écrieront avec le mondain :

O le bon temps que ce siècle de fer!

Pour Florestine elle seroit à coup sûr digne de celui d'Astrée.

« Vite, vite, Julie, crioit à toute force un des gens de madame de Saint-Geran, en appelant une femme de chambre; accourez, madame se trouve mal, elle est sans connoissance. » Ces mots frappèrent les oreilles d'Alfred, qui étoit au moment de monter à cheval pour aller au bois de Boulogne, où la princesse lui avoit donné rendez-vous. Eperdu, il s'élance dans la chambre de sa femme, qu'il trouve tout habillée étendue sur son lit. Sans attendre d'être questionnée, elle lui dit qu'en se levant elle s'étoit sentie la tête pesante et embarrassée, et qu'un instant après elle s'étoit trouvée si mal qu'elle avoit été obligée de se recoucher sur-le-champ. Cette explication dissipa une crainte déchirante. Le son de voix doux et touchant de Florestine, tout en perçant le cœur d'Alfred, y avoit cependant porté une sensation délicieuse. Il fixa ce beau visage décoloré, semblable à une fleur dont la tige est blessée, et d'une voix basse et tremblante, il lui parla de l'altération sensible de ses traits, et la supplia de soigner sa santé qui l'alarmoit vivement. Florestine rassura Alfred en souriant, et ajouta qu'elle connoissoit la cause de son état, et qu'il n'étoit point inquiétant. Saint-Geran interrogea sa femme avec la plus vive émotion, et nulle expression ne sauroit peindre ce qu'il éprouva lorsqu'elle lui apprit qu'elle portoit dans son sein un gage de son amour. Il tomba à ses pieds, en fondant en larmes. Quels sentimens divers agitent son cœur ! Ses forces et sa raison se perdent, dans l'excès de sa joie ; mais le remords fut peut-être encore plus vif. « Que je suis coupable !.... pouvez-vous me pardonner !.... » sont les seuls mots qu'il put prononcer. Sa femme pencha son visage sur le sien, et reprit dans cet instant tout son bonheur.

Pendant toute cette journée Alfred ne s'arrachoit des bras de Florestine que pour se précipiter à ses genoux.

Jamais il n'a mieux senti l'empire de ses charmes ; il jure ne plus vouloir vivre que pour un seul objet ; et comme il naîtra bientôt un témoin qui pourra répondre de ce nouveau serment d'Alfred, madame de Saint-Geran croit désormais impossible qu'il puisse y manquer. Laissons-la dans cette douce sécurité. Il n'est peut-être pas impossible que l'inconstance ne soit qu'un délire passager, lorsqu'on aime une femme aussi belle et aussi aimable que Florestine.

Tous les amis de monsieur et de madame de Saint-Geran, et ils sont fort nombreux, virent avec plaisir le second jour de Longchamp, Alfred à cheval à côté de la voiture de sa femme, aussi occupé d'elle que dans les premiers jours de leur union.

Après le régime de la terreur,

Longchamp fut une espèce de nouveauté, et on sait qu'elle a toujours le droit de plaire aux Français ; aussi on y courut avec empressement : mais, excepté la foule, rien n'y rappeloit le luxe et l'élégance d'autrefois ; ce n'étoit point une noble simplicité républicaine, c'étoit presque l'aspect de la pauvreté. Hormis un petit nombre d'équipages des plus modestes, on ne vit alors que de mauvaises voitures de remises fort sales, des milliers de fiacres, et quelques anciens wiskis tout-à-fait hors de mode. Cependant mademoiselle Despeaux, l'Herbault de ce temps-là, annonça des chapeaux de Longchamp. Quel bonheur ! on se les arracha : les uns étoient tout simplement en paille blanche, avec des rubans écossais ; d'autres en taffetas, avec des fleurs, et les plus chers n'excédoient point le prix de trente francs (1).

Sous le consulat parurent enfin quelques voitures à quatre chevaux, et plusieurs personnes poussèrent le luxe au point de faire mettre des petits galons d'argent sur les chapeaux et les collets de leurs gens. Pendant le régime suivant, la richesse des équipages augmenta ; mais Longchamp n'excitoit plus de curiosité ; il étoit presque plus élégant d'y être spectateur qu'acteur. Les personnes les plus élevées en dignité y envoyoient leur voiture vide quand il faisoit beau, et alloient ensuite se confondre avec la foule des piétons. Au reste, à toutes

---

(1) Les femmes qui prennent leurs modes chez Herbault ont payé jusqu'à trois cents francs leurs chapeaux ; cette année les moindres étoient de cent francs, et ont été trouvés si mesquins, qu'ils sont tous restés dans les magasins du modiste.

les époques les fiacres dominoient toujours tellement à Longchamp, que cette célèbre promenade n'offrit jamais un coup-d'œil très-brillant. On la traitoit comme une vieille qu'on souffre encore, mais qui ne mérite plus la moindre attention, et pour laquelle on ne doit pas faire de frais. Par quel caprice s'est-on plu tout à coup à la rajeunir au point qu'on lui a redonné cette année plus d'éclat que jamais? Il est vrai qu'un temps superbe, et bien inattendu, est venu puissamment à l'aide de ce projet.

Qu'on se figure une promenade de près de deux lieues (car la file commençoit sur le boulevard), couverte de spectateurs qui regardoient défiler, sur deux rangs, les voitures les plus nouvelles et les plus élégantes. Celles à quatre et à six chevaux étoient sur le milieu du pavé. Son Altesse Royale madame la duchesse de Berry précédoit dans une calèche, avec sa dame d'honneur, Son Altesse Sérénissime madame la duchesse d'Orléans, qui étoit dans une autre calèche avec les jeunes princes ses fils. On a observé les voitures de plusieurs ambassadeurs, comme étant remarquablement belles; entr'autres celle du duc de Wellington et celle du marquis Alfieri, ambassadeur de Sardaigne. Tous les cochers et tous les postillons avoient de gros bouquets, ce qui donnoit à cette pompeuse promenade un air de fête fort agréable. Au bois de Boulogne beaucoup de personnes descendirent de leurs voitures pour marcher, et c'est alors qu'on put remarquer la parure élégante des femmes, leurs superbes schalls et les formes variées de leurs chapeaux. A coup sûr aucune ville dans l'Europe ne peut offrir un spectacle plus magnifique et plus varié

CHAPITRE XIX ET DERNIER.

Il est bien plus aisé d'imaginer des aventures romanesques, d'inventer des mœurs extraordinaires, que de décrire, d'une manière vraie et naturelle, ce qui se passe sous nos yeux. On sent qu'un ouvrage de ce genre demande en outre d'être varié et piquant. On est varié quand on veut, mais on n'est piquant que lorsqu'on peut; et puis, tout est si fugitif à Paris, que les travers et les folies de la veille ne sont souvent plus ceux du lendemain. Beaucoup de ses habitans ne les connoissent même point; ils sont comme étrangers dans leur propre ville, qu'on appelle avec raison un abrégé de l'Univers. Aussi, malgré les rôdeurs, les furets, les spectateurs et les hermites, il restera toujours encore un grand nombre de choses nouvelles et intéressantes à en dire à qui sait voir et entendre. Mais le goût des lecteurs est tellement blasé, on est devenu si difficile, si dédaigneux, si dénigrant, qu'on ne doit pas se dissimuler que la tâche d'amuser, d'instruire et de plaire est maintenant une entreprise aussi difficile qu'hasardée ; car on veut paroître détrompé surtout, on n'admire plus que forcément ou par surprise ; on ne loue plus que par intérêt ; la censure sérieuse des vices est tournée en ridicule, et une vérité morale est déjouée par une plaisanterie.

Depuis que l'ambition est devenue une contagion, chacun veut être rangé et admis dans la classe supérieure de la société ; il arrive souvent que des gens s'étonnent de rencontrer dans les salons de certaines personnes qui pourroient à leur tour, et à tout aussi juste titre, être surpris de les y trouver. La révolution a tout confondu ; on voudroit poser aujourd'hui des lignes de démarcations, mais elles sont continuellement dérangées. Un grand seigneur, par sa place et ses titres, tient souvent, par les liens du sang, à des gens d'un rang bien différent au sien. Quand on voit l'un il n'est guère possible de se dispenser de voir les autres. Les salons du faubourg Saint-Germain n'auroient voulu entrer dans aucune composition sur cet article ; l'expérience leur a prouvé qu'il falloit en cela, comme en bien autre chose, se plier aux circonstances. Au milieu de cette espèce d'anarchie, les différens états se font une petite guerre, guerre qui, sans être dangereuse, blesse cependant bien des prétentions, bien des vanités. On a quelquefois des avantages d'un côté, mais on les perd le lendemain. Celui qui veut entrer dans cette mêlée est bien sûr d'y perdre son temps et son repos; car, en se faisant des ennemis sans nombre, il ne remportera jamais un avantage décisif. On peut faire taire toutes les passions, excepté la vanité; quiconque saura prendre les hommes par ce foible, les gouvernera plus facilement que des enfans.

On ne parle, dans ce premier volume, que d'une certaine classe d'habitans de cette immense capitale; mais, par la suite, on établira des oppositions, on montrera la fortune aux prises avec cette dangereuse vanité. On a dit de tout temps que les comparaisons étoient cruelles à Paris, et rien n'est plus vrai; l'exemple fait qu'on y a des besoins qu'on ne sent pas ailleurs ; ils sont factices sans doute, l'opinion seule les fait éprouver ; mais n'importe, ils sont souvent plus impérieux que les besoins réels.

Si, en peignant les bizarreries et les travers dont mes yeux seront frappés, on vouloit faire des applications particulières et me prêter des intentions perverses, je proteste d'avance contre une imputation si odieuse. Je ne chercherai jamais qu'à généraliser les vices et les extravagances du jour, en regrettant de ne pas avoir le talent de les censurer comme ils méritent de l'être ; car il ne suffit point de savoir saisir un objet en ligne droite, il faut savoir le reprendre sur toutes les routes ; et cet art exige une flexibilité d'esprit, une finesse et un discernement auxquels je suis bien loin de pouvoir atteindre.

*

NOUVELLES LITTÉRAIRES.

Jamais la presse ne fut plus active que dans ce moment ; le monde ne se gouverne aujourd'hui que par des livres ; les magasins des libraires sont les arsenaux de la politique ; chaque jour voit éclore des brochures par centaines ; et si quelques-unes ne prouvent point la sagesse de leurs auteurs, qui vendent des calomnies et des absurdités comme la Voisin vendoit du poison, un grand nombre du moins de ces pamphlets contiennent d'utiles réflexions et souvent d'excellens principes. On remarque que les partis se combattent toujours, mais poliment ; on se donne des raisons au lieu de se dire des injures. C'est un grand pas fait vers le retour de l'ancienne urbanité et politesse française.

Depuis le 1er janvier jusqu'au 15 mars de cette année, c'est-à-dire dans l'espace de deux mois et demi, la bibliographie de la France a annoncé mille quarante-cinq ouvrages imprimés ou réimprimés, dont vingt-sept en latin, treize en allemand, onze en anglais, huit en italien, deux en espagnol, deux en grec et un en portugais. Et personne ne se plaint de la multiplicité des livres ! et tous les libraires s'enrichissent !

Le VIIe volume des *Victoires, Conquêtes, Désastres, Revers et Guerres civiles des Français*, doit paroître incessamment. Cet ouvrage est fort remarquable, puisque, selon l'heureuse expression que l'éditeur a employée dans son Prospectus, c'est un véritable temple de gloire qu'on se propose d'élever à la nation. Aussi le succès de cette entreprise française a surpassé l'espoir des auteurs, qui sont, la plupart, des militaires distingués. Comme il paroît qu'ils cherchent à puiser aux meilleures sources pour consigner avec énergie et fidélité, dans ces honorables archives, les nobles faits de leurs compagnons d'armes, nous nous empressons de leur communiquer quelques détails peu connus, mais très-authentiques, sur la bataille de Marengo, dont ils pourront faire usage lorsqu'ils arriveront à cette mémorable journée.

Le gain de la bataille de Marengo ne fut dû qu'à un de ces coups de fortune qui sont au-dessus des calculs humains. Cependant, après la victoire, Buonaparte en fit le récit à sa manière;

tout avoit été calculé, prévu; l'affaire ne pouvoit pas finir autrement; un génie supérieur, divin, en avoit disposé. Cependant si un jeune officier qu'on ne connoissoit point encore, et qui ne se connoissoit pas lui même, ne se fût pas trouvé là, ce héros, ce demi-dieu étoit dès lors ce qu'il a été depuis, un illustre insensé; et plût au Ciel que ce fût en 1800, plutôt qu'en 1813, que la France eût eu à lui demander compte de ses légions!

L'armée française étoit battue, les les canons démontés, les cartouches épuisées, les divisions réduites à un si petit nombre de combattans qu'elles ne pouvoient plus tenir la plaine. L'armée autrichienne croyoit marcher à un succès certain, et Mélas lui-même regardant la victoire comme assurée, retourne à Alexandrie, et laisse à ses lieutenans le soin de poursuivre l'armée qu'il croyoit vaincue.

Le corps de Desaix que le premier consul avoit fait revenir en toute hâte, ne peut soutenir le choc de l'armée autrichienne ; le général Desaix tué, ses troupes renversées, fut l'affaire d'un moment. Le général Kellermann fils, marchoit à sa hauteur, caché par des vignes élevées, et observoit ce qui se passoit à la gauche. Il voit le choc des deux corps, le désastre des siens, et ne consultant que son courage, et le danger de ses camarades, jugeant d'un coup d'œil l'avantage qu'il peut tirer du moment, sans perdre du temps en grands mouvemens, il se remet en colonne, et par un mouvement de peloton à gauche, il se précipite avec cinq cents chevaux qu'il commandoit, au milieu de la colonne de grenadiers autrichiens, qu'il surprend dans le désordre de la victoire, et les armes dégarnies de leur feu; en un instant six mille grenadiers ont mis bas les armes, et la victoire passe du rang des vainqueurs dans ceux des vaincus, en moins de temps qu'il n'en faut pour conter et expliquer ce fait d'arme inouï pour celui même qui en fut l'auteur.

Buonaparte, entraîné par les fuyards, désespérant de son salut, s'arrachant les cheveux, se vit en peu de minutes relancé du fond de l'abîme, au sommet de la prospérité et de l'orgueil. Croira-t-on qu'il daigna à peine donner un léger témoignage de satisfaction à celui qui, par une de ces heureuses inspirations, et par un audacieux dévouement, lui regagna seul et sans partage une bataille que l'on pouvoit considérer comme perdue sans ressources? On sait que jusqu'ici on attribuoit son gain au général Desaix, mais le jour de la justice est arrivé; il faut restituer à chacun ce qui lui est dû.

Les *Mémoires et Correspondance de Madame d'Epinay* ont été lus avec une sorte de fureur; cela ne doit point surprendre : les aveux scandaleux d'une femme, lorsqu'ils sont légèrement voilés, et que les mots n'offensent point l'oreille, seront toujours écoutés avec avidité. On n'est pas fâché d'ailleurs de chercher et de trouver une distraction littéraire, qui fasse un peu diversion à la politique vers laquelle tout ramène, même lorsqu'on est le plus étranger à son objet direct.

Madame de Genlis vient de donner un *Dictionnaire Critique et raisonné de la cour, des usages du monde, des amusemens, des modes, des mœurs des Français depuis la mort de Louis XIII jusqu'à nos jours ;* contenant le tableau de la cour, de la société, et de la littérature du dix-huitième siècle ; ou l'*Esprit des étiquettes et des usages anciens comparés aux modernes.* Il me semble qu'on avoit déjà observé à madame de Genlis qu'il falloit laisser *les étiquettes* aux marchands, et que cette expression au pluriel, lorsqu'il est question de l'étiquette de la cour, étoit une faute de grammaire. L'esprit et le goût parfait de madame de Genlis ne l'ont pas préservée de la foiblesse commune à toutes les femmes de regretter les modes et les parures qui servoient autrefois à relever leurs charmes, et à faire briller leur beauté. A l'occasion de la mode des grands paniers, qui donnoient selon elle un étalage éblouissant à la grande parure, elle dit : « Il est impossible de se faire une idée de l'éclat d'un cercle composé d'une trentaine de femmes bien parées, assises à côté les unes des autres. Leurs énormes paniers formoient un riche espalier, artistement couvert de fleurs, de perles, d'argent, d'or, de paillons de couleur et de pierreries. »

Le seizième volume de l'*Abrégé de l'Histoire Universelle* par M. de Ségur, en 44 vol. in-18, vient de paroître. On devroit peut-être s'en tenir aux bons livres dejà faits sur une telle matière, puisqu'on ne peut rien y ajouter de nouveau. Cependant on a observé avec vérité que M. de Ségur, jeté dès sa première jeunesse dans la carrière la plus brillante et la plus variée, guerrier, diplomate, homme d'Etat, a profondément étudié les hommes et les événemens modernes ; et il est facile de s'apercevoir que les faits passés se montrent à sa vue, enrichis des comparaisons du présent.

On a publié à Dresde une *Histoire de la Campagne de Napoléon en Saxe en* 1813. L'auteur de ce livre, écrit en allemand, est M. le baron d'Odelben, témoin oculaire de tous les faits qu'il rapporte. Le premier et le second chapitre de cet ouvrage, traitent des batailles de Lutzen et de Bautzen ; le troisième contient beaucoup d'anecdotes sur l'intérieur de Buonaparte pendant son séjour en Saxe ; et le quatrième donne des détails circonstanciés des batailles de Dresde et de Leipsick. L'extrait suivant est tiré du chapitre III :

« Les généraux de Napoléon, quoique assujétis à une grande élégance dans leur tenue, devoient être prêts à chaque heure, même à chaque minute, à aller sur-le-champ d'un lieu à un autre; aucun n'étoit plus infatigable dans cette espèce de service que Caulaincourt. Dans la plupart des villes où Buonaparte fixoit son quartier-général, ses aides-de-camp étoient obligés de s'accommoder du plus misérable réduit; car, outre le salon de Napoléon, et son cabinet, il falloit un salon de service et une salle à manger pour les officiers, et Berthier s'emparoit d'une chambre à coucher et d'un cabinet; aussi on vit M. le général Narbonne, homme d'une haute naissance, et jouissant autrefois, en sa qualité d'ambassadeur à Vienne, d'un état splendide, être souvent obligé de se coucher sur une paillasse dans l'antichambre de Napoléon, où on le réveilloit sept à huit fois la nuit à l'occasion des différens rapports et dépêches qui se succédoient continuellement. »

Ici le baron allemand compare, on ne sait pas trop pourquoi, cette antichambre aux entrailles du cheval de bois de Troie. Tous les officiers de service étoient couchés sur des lits de paille, dit-il, ainsi que deux aides-de-camp qui en avoient chacun un sous leur ordre, ensuite un chambellan, deux officiers d'ordonnance et deux pages. Le célèbre mameluck Rustan étendu à terre, avoit le visage tourné contre la porte de son maître, qu'il servoit en qualité d'écuyer, ressemblant, sous tous les rapports, au fidèle Sancho Pança, à l'exception qu'il n'étoit point obligé de panser sa monture, car il avoit autant de relais que l'empereur lui-même. Rustan étoit constamment près de la personne de Napoléon, l'habilloit et le déshabilloit, et souvent le servoit à table; mais c'est lui faire trop d'honneur que de supposer qu'il avoit part à ses confidences, car quoiqu'il ait suivi Buonaparte dans divers engagemens, il ne l'a point décoré de la croix de la Légion-d'honneur; et Caulaincourt, et les autres officiers qui étoient depuis long-temps au service de Napoléon, lui parloit toujours comme à un inférieur. Rustan est aujourd'hui marié à une Parisienne, dont le portrait étoit constamment placé sur son cœur. Cet homme a quelque chose de si agréable dans la physionomie, son maintien exprime une si parfaite candeur, ses grands yeux noirs annoncent tant de franchise, qu'il n'est point étonnant que Napoléon ait placé une grande confiance en sa fidélité; et cependant

Rustan n'a point suivi son maître à l'île d'Elbe !..... Un autre mameluck, *né à Versailles*, étoit attaché au quartier général; mais celui-là restoit avec les équipages.

Quand Napoléon bivouaquoit, un cabinet étoit aussitôt dressé auprès de sa marquise ; au milieu de ce cabinet, sur une grande table, on étaloit la carte du théâtre de la guerre. Pendant la campagne de la Saxe, il ne se servit que de la carte de Petre, à laquelle il s'étoit accoutumé en 1806, et dont il faisoit le plus grand cas. Le directeur du bureau topographique étoit chargé d'y marquer, avec des épingles de différentes couleurs, les positions des corps de l'armée française et de l'armée ennemie. Toute la nuit, cette précieuse carte étoit constamment entourée de vingt à trente lumières. Quand Buonaparte montoit à cheval, Caulaincourt la portoit pliée sur sa poitrine, afin de pouvoir la déployer à l'instant même. Il arriva un jour que Napoléon, pressé de la consulter, en trouva les morceaux en désordre; plein d'impatience, il voulut arranger lui-même les divisions; mais dans l'instant, il s'éleva un vent violent qui dérangea tout; alors il prit la carte avec colère, et la jeta sous les pieds du cheval de son grand-écuyer. Son Excellence fut obligée de mettre pied à terre, et avec l'aide d'un page, il s'empressa de relever la carte, et de la remettre en ordre.

Aux quatre coins du cabinet de Napoléon, étoient placées de petites tables, sur lesquelles les secrétaires et le directeur du bureau topographique écrivoient sous la dictée rapide de Napoléon, toutes les fantaisies qui lui passoient par la tête. Il est impossible de se faire une idée de la vitesse avec laquelle Buonaparte dictoit, et de la facilité que ses secrétaires avoient acquise dans l'exercice de cette espèce d'écriture en chiffres. Un très-jeune homme les surpassoit tous, et cependant il n'écrivoit point encore assez vite au gré de Napoléon. On dit qu'il avoit une grande facilité à déchiffrer cette écriture hiéroglyphique ; ce qui se conçoit aisément, puisque c'est lui-même qui établissoit la signification des signes dont on se servoit. Une queue de dragon vouloit dire l'armée française ; un vaisseau, le corps de Davoust ; une *épine*, l'armée britannique ; un champignon, les villes de commerce, etc. etc. Malgré le grand nombre de secrétaires employés par Napoléon, aucun de ses écrits n'a jamais été divulgué. Un officier établi gardien du portefeuille, veilloit à la conservation de ce précieux dépôt, comme le sphinx devant les jardins des Œgyptiens.

On conseille à tous les gens sages de lire les *Folies du Siècle*, roman philosophique, par M***, un volume in-8°., orné de sept caricatures. Rien n'est mieux imaginé, rien n'est exécuté d'une manière plus piquante et plus originale. La première édition de cet ouvrage a été promptement enlevée; c'est un bel éloge et une preuve certaine qu'on sent toute l'importance de ce livre, aussi plein de vérités profondes et utiles, que d'aperçus fins et de pensées ingénieuses. Le style de M*** est naturel, élégant et correct; enfin, cette production annonce, sous tous les rapports, la force d'un véritable talent.

La France et les Français en 1817, tableau moral et politique, précédé d'un coup-d'œil sur la révolution, par C. L. Lesur, un vol. in-8°. L'auteur de cet ouvrage a voulu considérer dans son ensemble, notre situation intérieure morale et politique, et nous la présenter sans passion et sans ménagement. Ce n'est qu'à l'aide d'une méthode excellente et d'un ordre admirable, que M. Lesur est parvenu à renfermer, en un seul volume, un sujet si vaste et si important; car il embrasse la population de la France, l'agriculture, l'industrie, le commerce, le clergé, la noblesse, les sciences et les arts, les émigrés, les acquéreurs de domaines nationaux, l'armée licenciée, les mœurs, les opinions, la monarchie, la Charte, le Roi, la Chambre des Pairs, celle des Députés, l'ordre judiciaire, l'administration publique, les finances, les forces de terre et de mer, l'équilibre de l'Europe, le système politique des Etats européens, jusqu'à l'époque de notre révolution, l'influence de cette révolution sur la politique générale, la distribution nouvelle des Etats, d'après les derniers traités, les considérations sur les nouvelles alliances et les nouveaux intérêts, l'invasion et le traité de 1815, et le termine par l'appréciation de nos dangers et de nos espérances. Cet ouvrage remarquable est écrit, de l'aveu de tous les lecteurs et de tous les critiques, avec la plus grande impartialité : l'auteur n'est d'aucun parti ; il envisage, sous toutes les faces, les différens objets qu'il traite, sans craindre de blesser les anciens préjugés, ni de choquer les prétentions nouvelles ; personne par conséquent ne sera complétement satisfait, parce que personne n'est complétement raisonnable. Pour donner un exemple de ce que nous avançons, et une idée du style de M. Lesur, nous ferons quelques citations. En parlant de l'armée licenciée, il commence par déplorer des victoires dont elle étoit trop fière, et une domination qui n'étoit qu'une calamité pour l'espèce humaine. Cette armée ne préparoit-elle pas, sans le savoir, demanda-t-il, par son aveugle dévouement, les désastres que la France a subis? Ne nous avoit-elle pas mis nous-mêmes sous le joug des conquêtes?

Ensuite il ajoute : « Jamais armée ne fit tant de mal à son pays ; mais laquelle aussi lui laisse plus de gloire? Qu'on se représente cette journée mémorable, où devant un seul guerrier resté pur de toute erreur à la voix qui les avoit tant de fois commandés au champ de l'honneur, cent mille vieux soldats ont mis leurs armes en faisceaux, et courbé leur front dans la poussière ! Qu'on les suive après cette grande humiliation ! Sous les lambeaux de leurs habits criblés de balles, sous ces bonnets à demi consumés par la foudre des batailles, un bâton à la main, sans bruit, sans murmure, avec une résignation triste, mais calme, ils ont pris le chemin qui conduit au hameau de leurs pères. »

A propos de la corruption des mœurs du jour, il dit :

« On ne parle que de ramener la simplicité des mœurs antiques, l'amour du travail, le désintéressement, tout cela va fort mal avec la vanité, le faste, l'amour des plaisirs et la soif des honneurs, caractères distinctifs du siècle et du pays où tant de gens aiment la liberté, jusqu'à ce qu'ils trouvent à la vendre. » Et ailleurs :

« Cidalise se montre volontiers à sa paroisse ; on la voit même au premier rang pour entendre un prédicateur fameux ; mais sa dévotion n'ira pas jusqu'à renoncer à sa parure, plus somptueuse que les tissus de Cos, à sacrifier un nouvel amant, ni même à faire ses pâques, à moins que cela ne soit bien nécessaire à l'avancement de son mari. » Voici une satire plus sérieuse :

« Celui-ci prétend que, comme il n'a pas voulu s'asseoir au banquet de la révolution ; que, comme il s'est confiné dans sa campagne, enveloppé dans sa vertu, on lui tienne compte de son repos, de la haine qu'il professoit pour ce qu'il voyoit et laissoit faire, et du courage enfin avec lequel il a attendu le retour de son Roi. Je consens qu'on lui donne un prix de patience. »

Dans un moment où la révolte des colonies espagnoles occupe le monde entier, qui a les yeux ouverts sur ces sanglans débats, on lit avec beaucoup d'intérêt le *Voyage dans la partie septentrionale du Brésil, depuis* 1809 *jusqu'en* 1815, par M. Koster, traduit par A. Jay, deux vol. in-8°. Le lecteur trouvera dans ce Voyage un tableau animé des provinces brésiliennes, digne tour à tour de l'attention du navigateur, du commerçant, du savant, du moraliste, et même de l'homme d'Etat.

Le *Voyage dans l Amérique espagnole*, par MM. Al. de Humbold et A. Bonpland, semble presque renouveler pour nous la découverte du Nouveau-Monde; c'est un beau monument littéraire; il étoit digne de la France (dit M. Th. B.), à qui nulle espèce de gloire est étrangère, d'attacher son nom et son langage à cette belle entreprise. Le choix que les auteurs ont fait de notre patrie, pour y publier leurs riches découvertes et les résultats de leurs pénibles travaux, est un hommage rendu à notre amour pour les lettres, à la protection qu'elle leur a toujours accordée, à l'influence qu'elle exerce sur toute l'Europe littéraire. »

Tout semble annoncer une nouvelle et glorieuse époque pour les lettres. Le dix-neuvième siècle sera digne, n'en doutons pas, des deux qui l'ont précédé. M. Raynouard, qui nous a fait verser de si nobles larmes dans *les Templiers*, livrera bientôt au public au poëme épique, intitulé : *Judas Machabée*. *Philippe Auguste*, par M. Perceval ; la *Jérusalem délivrée*, traduite en vers par M. Baour-Lormian ; et l'immense travail de la traduction entière d'Homère, par M. Aignan, qui s'accomplit, seront plus que suffisans pour combattre victorieusement l'injuste imputation d'une dégénération des lettres en France.

« Certes (dit un de nos plus spirituels journalistes), un siècle qui, à dix-huit ans, compte déjà cent immortelles victoires, la Charte et six poëmes épiques, ne doit pas inspirer tant d'alarmes pour son avenir. »

FIN DU TOME PREMIER.

ANNONCES.

Lettres à M. l'abbé de Pradt, par un indigène de l'Amérique du Sud; in-8°. Prix 3 fr. 50. A Paris, Rodriguez, cour des Fontaines, n° 4.

Panorama d'Angleterre, ou Ephémérides Anglaises, politiques et littéraires, publiées par M. Charles Malo. Tome II, in-8°; plus, une Planche en musique. Prix : 6 fr., à Paris, chez Plancher.

Pierres gravées inédites, tirées des plus célèbres Cabinets d'Europe, publiées et expliquées par A. L. Millin. Tom. Ier, IIe et IIIe, in-8°; plus, 6 Planches. Prix : 6 fr., à Paris, au Bureau des Annales Encyclopédiques.

Mémoires de Louis de Saint-Simon, duc et pair de France, etc., publiés par M. F. Laurent (nouveau Prospectus), in-8°. La première livraison paroîtra le 15 avril; la deuxième, le 15 juin; la troisième et dernière, le 15 juillet. La souscription est ouverte jusqu'au 15 avril, à Paris, chez Egron et chez Gide.

Opinion de M. le vicomte de Chateaubriand, sur le Projet de Loi relatif au Recrutement de l'Armée, prononcée à la Chambre des Pairs, dans la séance du lundi 2 mars. A Paris, chez le Normant, rue de Seine.

www.ingramcontent.com/pod-product-compliance
Lightning Source LLC
LaVergne TN
LVHW010831120826
845149LV00016B/641